# ゆるしてはいけない

平山夢明

ハルキ・ホラー文庫

角川春樹事務所

# ゆるしてはいけない

# みなさん、ゆるしてますか?

先日、公園で〈あやまりなさい!〉と子供が口を開く間もなく連続ビンタをしている母親に会いました。

ああいうのを見ると〈ゆるしてあげれば良いのに〉と思ってしまうのですが、世の中には〈ゆるしてはいけない事〉と〈ゆるしていい事〉のふたつがあるようで、今回はこの〈ゆるしてはいけない〉状態に遭遇した人々の話をメインに御紹介致します。

本作は昨年よりほぼ一年かけて「ポップティーン」に連載していたものへの加筆訂正と十六話分の書き下ろしを合わせたものとなっております。

最近は街の中で奇声や奇行を見ることが多くありませんか?

また人間だけでなく、あの福知山線の事故以来、電車は平気で遅れますし、また国はやくざのようなデタラメを平気で行うようになり、ますますこの国のシステムの病はどん底状態に差し掛かっているようです。

本書の被害者ではなく加害者のなかには、そういった死につつある時代気分のようなものを敏感に受け取ってしまう人がかなり多いことも事実のようです。

またそうした抑鬱《よくうつ》状態は老若男女問わずに襲ってきますから、昨日まで普通だった人が今日は千切れているといったことが不思議でもなんでもなくなったわけですね。

先日、ペットショップに行くとほぼ半年ごとに犬を買いにくる女性がいるそうで、その方は子犬が好きなので「大きくなるといらない」のだそうです。

ですから大きくなると保健所に殺しに出すか、捨てるかすると言います。

ペットショップとしては当然、厭《いや》な客なのですが、また逆に素晴らしい客でもあるので売らないわけにはいかないと言っていました。

彼女はそれこそ百万円近い珍犬をぽこぽこと買っていき、そのサイクルは半年なのです。

最近では肉団子に釣り針を混ぜたものを飲ませ、死んでから保健所にもっていくと言うそうです。やはり生きたままもっていくと叱《しか》られるのだということでした。

彼女は当然、狂っているのですが社会的には裕福だし、他人に迷惑を掛けているわけではないので一瞬、彼女を狂っていると断ずるのに躊躇《ちゅうちょ》させられます。

しかし、彼女はどうしようもないほど狂い果てているのです。

世の中はすでにこうした精神的ゾンビの巣になってしまっているようです。

そしてそうした精神的ゾンビが恋人になっている可能性も高いのです。

彼らは実に巧妙に〈いい人〉を装って接近してきます。

ロも上手いし、話は面白い、実に魅力的である場合が多いのです。心がないという一点を除けば。

本書をお読みになったみなさんが、話に出てくる人物と恋人や友人を比較し、〈あれ？　あいつひょっとして〉とか〈あれ？　彼ってもしかしたら〉と思い当たることがあるかもしれません。

是非とも心の準備を万全にして読み進められることをお勧めします。

最後に本書の進行中、青くなったり赤くなったりしながらも奮闘されました担当編集の廣瀬女史に感謝を。

あなたの体当たり的サポートなくして本書の完成はありませんでした。

ありがとう。

読者諸兄の末永い平安を祈りつつ……。

平山夢明

# 目次

本文写真　藤森信一

# 決意

「背も高くって、やせてて、わりとタイプだったの」

キョウコは去年、マンガ喫茶のバイト先で知り合ったカレのことを教えてくれた。

「なんか歌手をめざしてて。ボイストレーニングとかにも通ってたのね」

Ｇａｃｋｔに似ていたというカレは顔もモデル並みでカラオケも素晴らしかった。

「得点とかも九十九点とかざらだったし、順位だって関東で十位になったことあるんだよ。え？　題名？『ひまわり』。福山の」

地方から出てきたカレは思ったよりも貧乏でお金がなかったという。

「だから、ご飯なんかサイゼリヤとかで私がおごってあげた。作ったりもしたけど。外で食べる方が良いってカレが言うから」

カレは間もなくキョウコのアパートに転がり込んできた。

「カレは体も弱くてバイトした次の日なんか、すごく疲れて落ち込んだりしてるのね。どうしたのって……聞くと、なんでもないなんて言いながら涙が出てたりするの……」

カレはバイトに時間を取られてレッスンに集中できないとつぶやいた。

キョウコは自分がカレの分までバイトに入ろうと決意した。

「だって可哀想《かわいそう》だし。暗い顔を見るのはイヤだもん」

翌月からキョウコは午前中から夜七時頃までブッ続けでバイトに入ったという。

ふたりの関係は順調に見えたが、それも長くなかった。

カレがまたウツになったのだという。

「すごく線の細い人だから……。プレッシャーに弱いのね」

自分が見捨てたらこの人はダメになってしまうと強く感じた。キョウコは疲れた体に鞭《むち》打《う》って明るく振る舞い、カレをはげましながらバイトに明け暮れた。

ある夜、妙な胸騒ぎで目が覚めたという。

「すきま風じゃないんだけど、そんな音」

見に行こうとしたが体が痺《しび》れて動かなかった。横にいるはずのカレもいない。

「マジで、これ絶対おかしいと思ったのはシーツに血がついてるのを見たからなの」

血は手のひらで押したようにシーツだけでなく掛け布団にもベタベタついていた。それでも身体が自由にならない。頭もぐらぐらして視点も定まらなかったという。

なんとか立ち上がると台所から音がするのに気づいた。

「ガスだ！」

二口レンジが全開にされ、ガスが充満していた。臭《にお》いに圧倒されながらもキョウコは玄関のドアを開け、部屋の窓全《すべ》てを開けた。

するとユニットバスから剃刀《かみそり》をもったカレがふらりと現れた。

「死ぬか……」

シャツをはだけたカレの手首には、ぱっくりと傷が口を開いていて、歩くたびに血がしたたっていた。

「死のうぜ……」

カレはキョウコのもとへ一歩踏み出した。

その瞬間、キョウコは自分でも無意識に悲鳴をあげていた。

その声に驚いたカレは裸足《はだし》のまま外へ駆け出して行ってしまったという。

全身が震えていた。今、自分は死にかけていたんだ。部屋のなかを見回すとそのことがはっきりと感じられてきた。

窓を開けようと寝室に戻るとランプのそばに手紙があった。

カレの字だった。

〈ショウコへ。俺を最後まで拒否したおまえが憎い。憎い。憎い。俺はオマエを地獄から呪《のろ》い殺すため、いけにえとともに死ぬ。あとになって偉大な俺の女になれなかったことを地獄で後悔するが良い……〉

聞いたことのない名前だった。その時、携帯が鳴った。すすり泣きが聞こえてきた。

〈……俺。やっぱりおまえで良い。ごめんな〉

「いけにえって何よ」

〈……ごめん〉

「ふざけんじゃないわよ！」

ふと部屋の明かりが曇った。

携帯を手にしたカレが後ろにいた。

キョウコは悲鳴をあげながら体当たりし、友達の家に逃げ込んだ。

翌日、カレの姿は消えていた。

「結局、二股《ふたまた》にもなってなかった。カレは本命にふられたんで私とあてつけ心中しようとしたみたい」

たまに今でも電話があるという。

「ごめんね～って言うんだけど。声が、すっごく明るくってマジ軽いの。もちろん、ソク

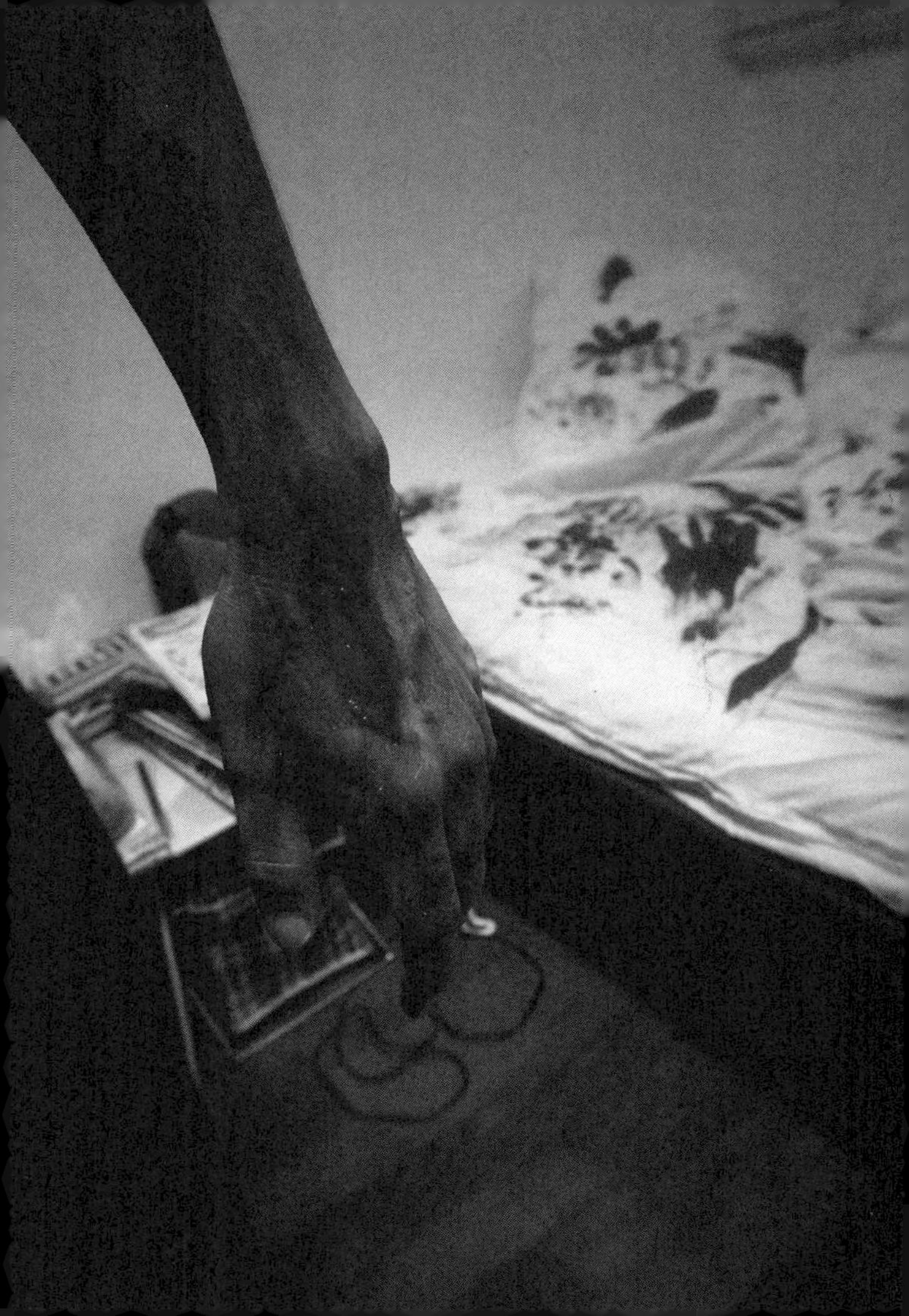

切りするけど」

……ゆるしてはいけない。

# 冷蔵庫

「カイトと会ったのは友達の紹介だったのね」

あまりしゃべらない人だなとは思ったけれど笑顔が少年っぽくて素敵だとリサは思った。

カイトは仲間と一緒にパンクバンドをやっていた。

「わたしはあんまそういうのに興味がなくて知らなかったんだけど……」

インディーズでは少しは知られたバンドだったという。ふたりは半年ほどして一緒に暮らすようになった。

カイトは気持ちの波が激しく、機嫌の良い時はうるさいほど陽気に話しかけてくるのだが、ふさぎ込むと一日中でも話をしなくなった。

「どうもライブと関係があるのね」

ライブが近くなると彼のふさぎ込みは激しくなり、一日中、寝てるだけのことが多くなった。ふたりは生活費のためバイトをしていたが、彼は欠勤が続くと当然、クビになった。

お金ないよと言うと「いいよ。俺、食わねえから……」と平気で言って本当に何も食べなくなった。そのくせ、ライブの三日ほど前になると突然、元気になっていたりしたという。

カイトは自分専用の冷蔵庫を持っていて、決してそれを彼女に開けさせようとはしなかった。

「開けても良いけど、もしかしたら俺たち終わるかもよ」

何が入ってるの、と聞くたびにカイトはそう答えた。

「でも、開けるなっていわれれば、開けるでしょうフツウ」

リサはカイトがバンドの練習でいない時に開けてみた。

冷蔵室にはほとんど何もなかった。

「スポーツドリンクとレタス型の貯金箱。なかには三千円入ってた」

「なにこれ」思わずつぶやきながらリサは次に冷凍室を開けてみた。なかにはカイトが好きなチョコをまぶしたミルクアイスの箱や小さなサプリの瓶が入っていたが、ほかに見れないチューブ状のものが転がっていた。

リサの脳裏にカイトの言葉がよみがえった。いやな予感に憂鬱《ゆううつ》になっていると奥に袋があった。

「大きさはアイスの袋ぐらい。中身が赤黒いから本当にアイスに見えた」

その夜、リサはカイトに冷蔵庫を見たことを告げた。

「そうか……開けちゃったんだ」

そう言いながらカイトは冷凍庫からあの袋を取りだしてきた。ビニールの表面にうっすらと霜が貼り付き、それは室温によって煙をたてていた。

「これを砕いて、食べる」カイトは袋の中身を手で擦り潰《つぶ》す真似《まね》をして、口に放り込むふりをしてみせた。

「何なのそれ？　変な食べ物だったら、わたしやだよ」

「食べ物じゃないよ。これは俺だもん」

カイトは袋の赤黒いものが自分の血液であると告白した。

「〝自己血液輸血〟っていう方法があるんだ。血を抜くと身体は一生懸命、足らない分を補おうとする。そうして身体の血が元に戻った頃、抜いたのを自分に戻す。そうすると赤血球が倍増して、すごく気分が良いし、うまく唄《うた》えるんだ。ブレスも信じられないぐらい長く続くしね……。本当は注射したりするらしいけれど、俺はこの方法で使っている。そのほうが効果があるし充分だ」

彼はそれまで身体が弱く、とてもワンステージ唄い続けることができなかったと告げた。

一度は死ぬことさえ考えた彼のことを心配した知り合いがふとこの方法を口にしたのだという。

「そんなことして本当に大丈夫なの」

「うん」カイトはうなずいた。

ある日、カイトは腕の傷を見せた。

「そこがボロボロになってるのは知ってた。でも、それが血を抜くために傷つけてるからだとは知らなかった」

カイトは器用に血管を傷つけると血をビニールに溜《た》め、それを冷凍庫にしまった。血を抜いた後のカイトは気分が高揚するようだった。

ところがある時、デビューさせるという約束がおじゃんになり、全《すべ》て一から出直しということになってしまった。カイトの落ち込みはハンパじゃなかった。一日中、俯《ふ》せたまま泣き続けていたという。

「わたしも一生懸命、なぐさめようとしたんだけど全然、効果なし……」

食事も満足にとらずやつれていく彼を見ているのは辛《つら》かった。

あの時、彼女はそんなカイトを見ているのに耐えられなくなり電話で別れようと告げた。

カイトは黙って聞き、「仕方ないな」とだけつぶやいた。

アパートに荷物を取りに行くとカイトがテーブルで黙々とスプーンを動かしていた。ガラスの容器のなかに〈かき氷〉が入っていた。テーブルの上にはもうひとつ並べられていた。その氷は、イチゴにしては赤黒かった。

「最後だから一緒に食べよう」

カイトの目は暗く光っていた。

かたわらには血管を傷つけるためのバタフライナイフがあった。

「わたし、荷物取りに来ただけだから」

そういうとナイフをつかんだカイトがフラッと立ち上がった。

「なぁ……なぁ。ちょっとくれよ。なぁ、少しで良いからさぁ」

「なに？　なにすんの？」

「ちょっとで良いよ一回分で。みんなくれたんだよ。おまえもくれよ」

カイトはこう言うとリサの腕をつかんできた。

「馬鹿！　血が違うジャン。そんなこと意味ナイジャン、死んじゃうよ！　バカ！　放してよ」

「喰《く》わせろよ！　シャリシャリシャリシャリシャリ！　おいしくいただくからさぁ！」

ひねられたヒジの内側に冷たいものが触れた。その瞬間、リサはカイトを思い切り突き飛ばし、駆け出していた。

「それっきり会ってないんだけど……」

最近、深夜になると〈ゆるしてほしい〉というメールが来るという。

……ゆるしてはいけない。

# キレないカレ

「喧嘩《けんか》もするし、怒ってるようなんだけど絶対にキレて怒鳴ったりはしなかったのね」

エミはそう言って以前付き合っていたカレのことを話してくれた。

カレと知り合ったのは偶然、友だちに連れて行かれたライブハウスでだった。

「もちろん、顔は悪くないし、小柄で大人しそうなのが気に入ったのね」

エミはあまり男臭い人は苦手だった。

「どっちかっていうとユニセックスっぽい人のほうが安心していられるのよね」

カレはまさしくそういったタイプだった。

ふたりは暫《しばら》くしてから同棲《どうせい》を始めたという。

「でも、やっぱりちょっと早かったかなって思うのよね。もう少し付き合ってから同棲しても良かったかなって……」

勢いで同棲してはみたものの、やはり生活習慣の違いから衝突することは避けようがなかった。

「もう本当にくだらないことから始まるのよね」

例えば洗濯物は午後三時になったら取り込めというのだが、彼女は日が暮れるまでにしまえばよいと思っている。

「カレは夕方になると湿気が洗濯物にくっつくから洗濯の意味がなくなるっていうんだけれど……」

それにカレは狭いユニットバスでも毎回、湯を張って入りたがった。

「でも、そうすると毎回、湯を捨てないといけないんですよ。ユニットはトイレと一緒なので浴槽のなかで体を洗わなきゃならないんですよね。だから……」

週二か一日おきにしてくれないかと言うのだが、カレは納得しない。

で、お互いに虫の居所の悪い時には言い合いになったりもする。

「私も口が悪いからかなり酷《ひど》いことを言ったりするんですけれど……」

カレは顔面を真っ赤にし、いまにも殴りかかってきそうになっても決してキレなかった。

代わりに散歩に出てしまうのだという。

「喧嘩して、ちょっと収まるっていうか、もうこれ以上の言い合いは無意味みたいな感じになると私は寝室に入っちゃうんですよ。そうするとカレは頭を冷やすために外出するみたいで」

　で、ここからが儀式なのだが。

　カレは部屋に戻ってくるとベッドでふて腐れている彼女の頬《ほお》にキスをするのだという。するとそれが合図になって仲直りとなるらしい。莫迦莫迦《ばかばか》しい。

「たまにはコンビニでスイーツ買ってきてくれたりして私のご機嫌を取ってくれるんです」

　するとふたりはテレビの前のテーブルにちょこんと座り、スイーツを食べたりする。

「ただ変な時もあったんですよね」

　同じように帰ってきても妙にカレが落ち着かない様子の時や逆に何かニヤニヤといつまでも思い出し笑いをしていることなどがあったという。

「それと普段は散歩なんか絶対にしない人だったんですよね」

　休日など散歩に誘うとあまり気乗りしない様子なのだという。

「やっぱり、頭にきたそのまんまの勢いで出るのがカレには合ってるんだな、なんて思ったりもして……」

　ある日、バイトから遅く帰ってくるといつになくカレが真剣な面持ちで「気を付けろよ」と言った。

「理由を聞くと」

近所で通り魔が出ているらしいという。

「私がいない間に大家さんが回覧板を回しに来たんだっていうんです」

犯人は果物ナイフのようなもので通りすがりに切りつけていくのだという。

去年から数人の女性が被害にあっているという話だった。


ある夜、彼女はカレの服から風俗の名刺を見つけたのだという。

「なにこれって思った。こんなこと今のうちからしてるようじゃ駄目ジャンって。嫉妬《しっと》とかそういうもの以前に憑《つ》き物が落ちたみたいに、あっ、そうなんだ。わかった。じゃ、やめるみたいな感じになったのよね」

彼女はカレに置き手紙だけすると実家に戻った。

カレから何度も連絡が入っていたが無視した。

「本当に、頭の中では完全に過去の人になっちゃってましたからね」

するとある時、カレがバイト先までやってきた。どうしても話がしたいという。

「で、私もチョットしたものだけど部屋に置いてきちゃってるのもあったし、部屋解約するならするできちんとしなくちゃいけないから……」

ふたりは同棲していた部屋に戻ってきた。

「頼む。もう一度だけチャンスをくれ」

カレは部屋に入るとすぐ土下座した。

しかし、彼女の決意が固いことを知ると、ぶつぶつ言いながら出て行ってしまったのだという。

彼女は早速、荷物をまとめ始めた。

「一時間ぐらいかなぁ」

ふと気がつくと後ろに人の気配がした。

見ると大きなマスクをつけたカレが立っていた。

マスクには血がついていた。

「どうしたの」

「もういいや……」

カレは投げやりな声を出すとマスクを取った。

手にはナイフが握られていた。

「俺さ。おまえにグチグチグチグチ言われる度にすっげぇムカついてたの。わかる？」

カレの雰囲気は尋常じゃなかった。

彼女は思わず後退《あとずさ》った。

「おまえ、すっげぇくどいし……ネチネチネチネチ」

カレはナイフを彼女の顔の前に突き出した。

赤い液体がべっとりと付着していた。

「ほんと、おまえでムカつくとマジ静めるの大変だった」

カレは足下にある段ボールを蹴《け》り上げた。

「だから俺は夜中、道をふらふらしている女を刺してやったんだ。死なない程度にサクッとな」

ナイフが人を刺すように動いた。

「サクサク……でも、おまえがあんまり怒らせるとひとりやふたりじゃ足りなくて。参ったよ。そんなことも知らないでおまえ、よく甘えてきたよなぁ。俺が帰ってくると……ふふ」

カレがエミの髪を摑《つか》もうと手を伸ばしてきた。

その瞬間、彼女はお土産の東京タワーの像をカレの足の甲に突き立てた。

物凄《ものすご》い悲鳴があがり、カレは滅茶苦茶にナイフを振り回した。

エミはそれから、カレに蒲団《ふとん》をかぶせるともがいている隙《すき》に逃げ出した。

「それで捕まったんですけれど……」

憂鬱《ゆううつ》なことがひとつあるという。

「いまだに実家に手紙が来るんです。反省した。ゆるしてほしいって」

来年、エミは結婚を控えていた。

「あと二年は入ってるらしいんですけれど」

カレが出所してきた後が、とても不安なんですとポツリ呟《つぶや》いた。

# おすそわけ

引っ越して間もない頃、夜勤から戻ってきたユウミの部屋のドアが乱暴に叩《たた》かれた。見ると化粧っ気のない四十女がにらんでいる。

「あんた！　他人の迷惑考えなさい」

女は開けたドアの隙間《すきま》からゴミ袋を投げ込んでいった。

「なにすんのよ！」ゴミはユウミが仕事に行く前に出した物だった。夜勤が終わってから出していては収集車が行ってしまう。かといって次の収集日も夜勤で朝早く出すことはできなかったので夜のうちに出したものだった。

隣の女は病的に神経質で少しでも物音がすると壁を殴ってきた。

「ちょっとテレビの音が大きいとか携帯の話し声が大きいと……」

ドン！ドン！

と止《や》むまで殴り続けてくる。不動産屋にも相談したがらちがあかなかった。

クリスマスの夜、友達と盛り上がったユウミが深夜帰宅するとチャイムが鳴った。隣の女だった。

「いつも迷惑ばかりかけてごめんなさいね。来週、引っ越しが決まったの。お詫《わ》びにケーキを持ってきたんだけど」

女は包装された小箱を差し出した。

「あ、どうも」

相手が予想外に低姿勢だったのと酔いも手伝って、文句を言うタイミングをのがしていた。

「悪くなるといけないから早めに食べてね」

女はにっこり微笑《ほほえ》み戻っていった。包みを開くとプチシューが四つ、粉砂糖と生クリームで飾られていた。甘い物に目のないユウミはひとつを口に入れ、着替え始めた。やがて化粧を落としている途中で激しい吐き気がし、たちまち全身が震え出した。

「もうなんか体のなかで革命が起きてる感じ。どんどん変になっていくの」

文字通り苦しさにのたうち回った。憶《おぼ》えているのは携帯で救急車を呼び、部屋のドアの鍵《かぎ》を開けたところまでだった。気づくと病院のベッドにいた。胃洗浄のせいで喉《のど》が焼けるようだった。自分が毒入りケーキを食べさせられたと知ったのはその日の午後だった。

「あの女、子供と一緒に死んでたの」

おとずれた刑事から女が服毒自殺をしたと告げられた。

「三歳っていうけど、子供がいたなんて全然、わからなかった」

女はケーキを届ける直前に子供を毒殺していた。動機は全く不明だった。

退院した彼女もすぐに引っ越したのだが二週間ほどたって差出人不明の変な手紙が前の住所から転送されてきた。封書の宛先《あてさき》には見知らぬ名前、そして、自分が出したことになっていた。封を切ると、

〈こんにちは！　これを読んでいるということは生き残ったっていうことよね、おまえ！〉

とあった。

あの女からだった。本当は自分と子供だけで死ぬつもりだったけれど、なんとなくユウミも道連れにしたかったからということがあっけらかんと書かれていた。

「最後には〈ごめん〉ってあったけど……ねぇ」

以来、ユウミはおすそ分けは絶対に口にしなくなった。

# ずれてる

ショーコは去年の暮れまで三つ年下の男の子と同棲《どうせい》していた。彼の名はケンイチ。すらりとした長身のイケメンだった。ふたりは友達の紹介で出逢《であ》い、二か月もしないうちに暮らし始めた。

「最初っからちょっと変わってたのね」

ケンイチはピアスマニアだった。彼女と出逢った時にはすでに耳、舌、眉《まゆ》、鼻、ヘソにしていたのだが、どうもその数がさらに増えていくのである。

「わたしも詳しくはないんだけど」

眉の間はまだ理解できても指の間や舌のクロスなどはいかにも不便そうだし、耳にしてもピアスの具が大きすぎて皮が伸びきっていた。

「どうしてそんなにするのって聞くと理由は別にないって言うのよねぇ」

ケンイチは自称フリーターだった。

「またやったの?」

腫《は》れを抑えるための絆創膏《ばんそうこう》や、生々しい血のついた穴や傷、黒々としたかさぶたの残る皮膚、化膿《かのう》を抑える抗生物質の山を勤め先のショップから帰って発見するたびにショーコは心配になった。

「お金もかかるみたいで……」

部屋にあったショーコが遊びで始めた五百円貯金が消え、置いておいたはずの一万円がなくなることもたびたびだった。

「その頃でも二十〜三十は確実にあったね」

シャワーを浴びた彼の体は部屋の蛍光灯で〈電飾みたいに〉反射した。

「あれ！　何これ?」ある夜、ケンイチの背中に触れたショーコが叫んだ。

「あ……うん。ちょっと新しいの試してるんだ」

見れば背骨に沿ってネジのような棘《とげ》が並んで生えていた。

「〝インプラント〟とかって言ってた。ビスを打ち込んだ板を皮膚の下に埋めて、後からビスの当たる皮だけ剝《む》くんだって。そうすると内側からトゲみたいなビスだけが飛び出してるように見えるって。なんかもう……」

ショーコはだんだんケンイチが怖くなってきた。その後も彼の体にはいろんな物が埋められ、押し込まれ、詰められているようだった。

「それでわたしも友達の家とかに連泊するようになったのね。携帯には毎日、彼からメールが二十通ぐらい。全部、早く帰ってきて下さいって。でも、逢いたいとかじゃないの。……ぼくを見て下さいってあるの」

一週間ほどして帰宅するとテレビの前でゲームをしているケンイチがいた。

トカゲのようだった。

「頭をスキンヘッドにしてたの。そこに背中のと同じようなトゲがあって」

顔にもイボがいくつも並んでいた。

「真珠」

ケンイチはイボを指差して笑った。前夜に入れたばかりだという頭のトゲからは血膿《ちうみ》がいくすじも汗のように顔に伝っていた。

もう限界だ。ショーコは今日で最後だと決意した。その夜、変なうめき声でショーコは目を覚ました。薄暗い闇《やみ》のなかでケンイチがベッドの脇《わき》に立っていた。彼はそばにある鏡をのぞき込み、手にしたペンチで頭をいじっていた。ぐじゅぐじゅと動かすたびに口から苦痛のうめきが漏れた。

「なにしてんの」

「ズレてんだよ。ビミョーに」

ケンイチは頭のトゲをずらそうとしていた。

「死んじゃうよそんなことしたら」

ショーコの言葉を無視してケンイチは頭に埋め込まれたプレートをぐいぐいと引く。皮膚の中から突き出したトゲが動くたびに血が溢《あふ》れた。

「ずれてないよ！」

「ずれてるよ！」

「ずれていないよ！」

「ずれてんだろうがあ！」

ケンイチが荒々しくトゲをつかんだペンチをぐりぐりえぐるように掻《か》き回すと穴から噴き出した血が彼女にもかかった。

「よしてよ！」

腕にすがって止めようとするショーコとケンイチは揉《も》み合いになり、遂に彼が思い切り彼女を突き飛ばした。

その時、すごく嫌な音が響いた。

「あ……」

ケンイチがつぶやいた。頭の皮がぱっくりと口を開けていた。暴れた拍子にペンチで狭んでいたビスが台座の板ごとめくれあがってしまったのだ。肉のモヒカンを頭に載せたようになったケンイチの顔はみるみる溢れる血で真っ赤になった。

「きさまぁ！」

物凄《ものすご》い形相でケンイチが飛びかかってきた。彼女は反射的にケンイチの腹を蹴《け》ると、後は憶《おぼ》えていなかった。

「気がつくと友達の家で泣いてたの」

数日後、友達と一緒にアパートに戻るとケンイチの姿は消えていた。

壁には〈めんご〉と指で書いた血文字がこびりついていたという。

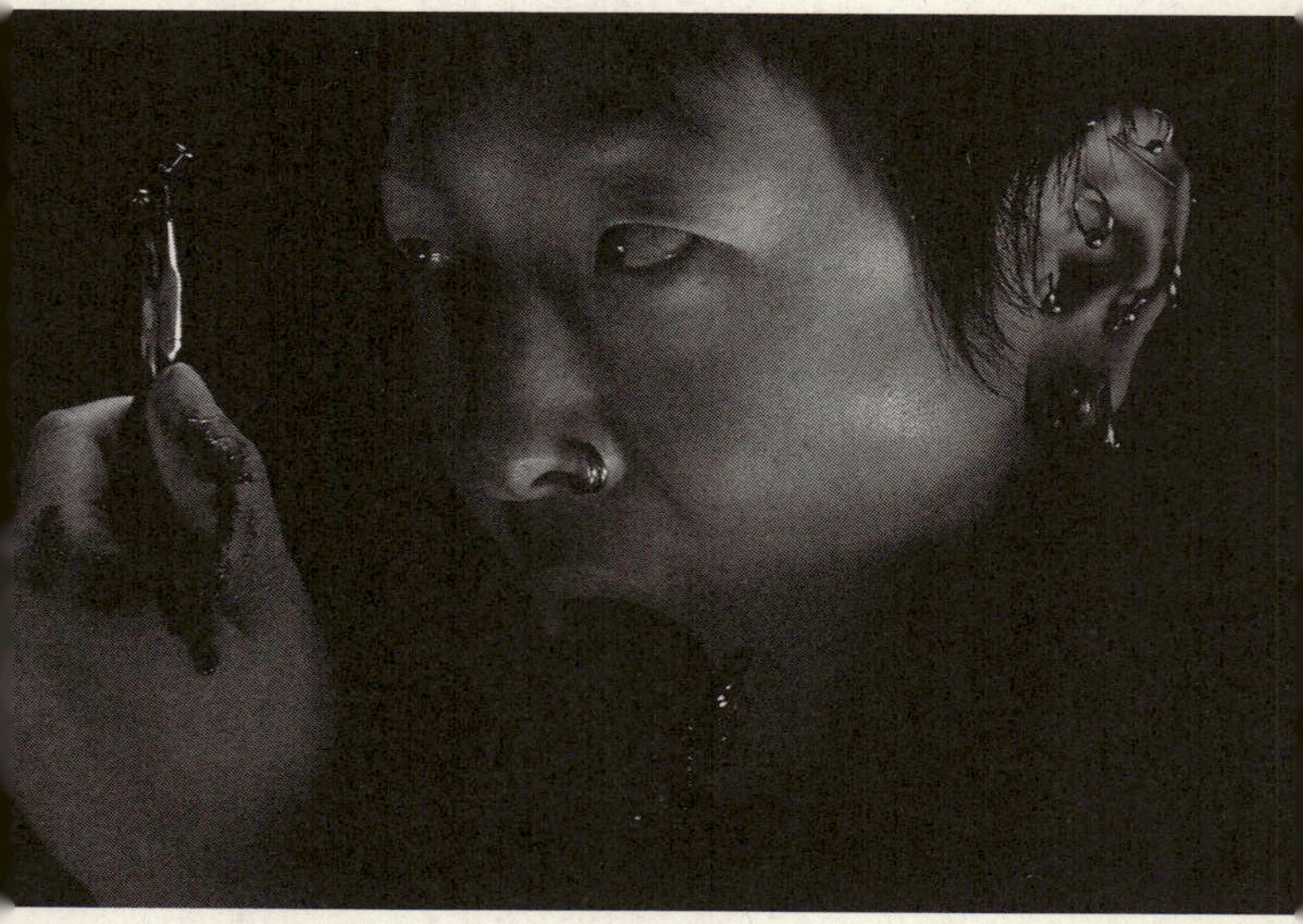

# ごめんねタクシー

萩原《はぎわら》さんは銀座でホステスをして五年になる。

「一昨年なんだけどね……」

その夜、彼女は体調が悪かったこともあってか悪酔いしてしまったのだという。

「酔い止めの薬は飲んでたんだけど、ダメだったのね」

閉店後、彼女はタクシー待ちの列に並んだのだが、どうしても立っているのに我慢できず、歩き出してしまった。

「ほら、行列してるなかで戻したりできないでしょう。だからひとりで歩いていればヤバい時には露地とか入れば良いわけじゃない」

どのくらい歩いただろうか……。

ふと気がつくと銀座から離れた場所にいた。

気分も少し治ってきていた。

顔を上げると偶然、空車のタクシーがこちらに向かってくるところだった。

「たぶん、停《と》まらないだろうなぁ」

銀座周辺は乗せる場所が決まっているので無理だとは思ったが、ダメもとで手を挙げた。

するとタクシーがウィンカーを出して、目の前で停まったのだという。

「ありがとう！　おじさん」

彼女はそう言うと助かったとばかりに乗り込んだ。

運転手は六十前後の初老の男だった。

「おねえさん、きれいだねぇ。銀座にお勤め？」

「ええ。そう」

彼女が行き先を告げると運転手が話しかけてきた。

「そう。絶対、そうだと思った。でなきゃ、こんな綺麗《きれい》なひと、芸能界にしかいないもんね」

お世辞は嬉《うれ》しかったが、いまは眠りたかった。

彼女は適当に相づちを打つと、運転手に近くになったら起こして欲しいと告げた。

「はいはい。本当に嬉しいなぁ。こんな綺麗なひとと……」

運転手は上機嫌だった。

萩原さんは車の振動に身を任せていると、いつのまにか寝入ってしまったという。

「おきゃくさん！　おきゃくさん！」

出し抜けに大声で怒鳴られ彼女はびっくりして目を覚ました。

運転手はただならぬ様子だった。

「な、なに？」

「ご、ごめんね！」

運転手が叫んだ途端、車がガッと何かにぶつかって浮いたような気がした。

と、次の瞬間、彼女はイヤと言うほど体をドアに叩《たた》き付けられた。

前につんのめるように全身を引っ張られた途端、ザン！　という音と共に今度は前のシートに叩き付けられた。

「なに？　何？　なに？」

わけがわからなかった。

ただ周りの景色がいままで見たこともないものに変わっていた。

「完全な暗闇《くらやみ》、暗黒。いま思い出してもゾッとするわ」

車体が平行になると事態が飲み込めた。

タクシーは海に浮いていた。

〈飛び込んだんだ！〉

彼女はヒールを脱ぎ、とっさに窓を開けると水が入り込む前にうまく外に出ることがでできた。

岸壁には既に人が集まり始めていた。

「た！　たすけて！」

彼女が叫ぶと何人かが飛び込んできたという。

運転手は亡くなった。

車のなかから生活苦と妻を病気で失った哀《かな》しみに耐えきれないので自死するという内容の遺書が見つかった。

「巻き添えだよね。完全に」

たぶん、あのタクシーは最後に一緒に死ぬ相手を捜して流してたんだと彼女は言った。

以来、彼女は決してタクシーでは寝ないようになったという。

# クレーム

石坂《いしざか》さんは今年の夏、インターネットが接続できなくて、ずいぶん困ったことがあった。

「かなり有名なプロバイダーなんで安心してたのに……」

家に帰ってメールを確認しようとしたところ、まったく使えなくなってしまっていた。すぐにサポートセンターに電話したのだが二時間かけ続けても話し中だった。おまけにそこは営業時間を一分でもすぎると、機械的に営業終了の案内が流れてくるようなところだった。

「あんまり頭に来たんで翌日、繋《つな》がった時にかなりキック嫌味を言ってやったのね」

原因が石坂さんの操作ミスではなく、プロバイダーにあったということも重なって、言いたいことを言って相手をやりこめた。

数日後から封筒が届くようになった。〈わび〉と赤い字で書かれた封筒には、彼女の名前をマジックで腹に書いた男の上半身と、それをナイフでえぐって血だらけにした写真が数枚同封されていた。顔は写っていなかった。

それは今でもたまに届く。警察にも提出し、プロバイダーにも問い合わせているが、いまだ誰なのかはわからない。

# ビルダー

「どうして付き合うようになったのか、自分でも判《わか》らないんですけれど」

吉岡《よしおか》さんは学生時代、ボディビル部の男と付き合ったことがあった。

「確かに腕とか私の太股《ふともも》ぐらいあるから」

町を歩けば誰もが振り返ったという。

「最初は番犬っていうか、何だか自分も強くなったような気がして良かったんですけれど」

問題は彼はお金が全然、無かったということだった。

「ボディビルってとにかくすごくお金がかかるんですよね。ううん。器具とかじゃなくて食べ物」

とにかく彼は朝から晩まで筋肉のための食事というかサプリを飲みまくっていた。

「まずプロテイン。これも脂肪のないホエイとかいうやつをガバガバ。大きなカップシェイカーに入れて一日に五回ぐらい飲む。これが一袋一万円近くするし、それとサプリメント。栄養剤はもちろんだけど、筋肉をでかくするとか成長ホルモンを出すとか、筋肉の疲労を取るとか、脂肪を早く燃やすとか。そんなのだってひと月分で一万円近くかかるものばかりなんです」

それに彼が常用しているサプリのほとんどは高価な輸入ものばかりだったという。

「だから私と付き合うようになるとすぐに転がり込んできちゃったんです。家賃が浮けばその分、またサプリを買えるから」

でも、困ったのは彼女だった。

「そのアパートって本当に狭くて、おまけに築四十年ぐらい経《た》ってる木造だからあまり重い物も置かないでくれって警告受けてたんですよ」

彼はそこに自分の生活道具一式と練習用のベンチ、百二十キロまでのバーベルセット、それとダンベル各種、ミニトレーニングマシーンまでを持ち込んだ。

部屋は寝る所もなくなってしまった。

彼女は仕方なく押し入れを整理して隙間《すきま》を作って寝た。彼はベンチの上。

それでもそんな状態が長く続くわけもなく、ふたりともイライラし始めた。

特に喧嘩《けんか》のタネは御飯。

「彼は普通の人間の食べ物を食べないんです」

何を食べるのかというと鳥のササミと卵の白身。それにクレアチンという筋肉成長剤のような粉を振りかけ、プロテインで流し込んだ。

もちろん、外食などは彼にとってただ単に水を飲んで座っていることを意味した。

「全然、面白くないんですよね。だって食事だって自分の分を作ったら終わりだし、一緒の物を食べておいしいねって言い合うこともできないんですよ」

夕食後、ひとりで食器を洗っている時など何度も別れようと思った。


ある時、彼女が寝転がってマンガを読んでいると、どけと言われた。

「トレーニングをするからっていうんですけれど」

なんの弾みかその時、彼は足で彼女の頭を軽く蹴《け》ったのだという。

「どけって。何か頭の中でブチッと切れて」

彼女はここは私の部屋だから絶対にどかないと宣言した。

いやならあんたが出て行けと言った。

すると彼はあろうことか彼女の上で構わずにトレーニングを始めたのだという。

「始めは無視していたんですけれど、チラッと見たら私の頭の真上で重いシャフトを使って練習してるんですよ。百キロぐらいあったと思う」

汗がぼたぼたと雨のように落下してきた。

我慢に我慢をしていたが、ついにキレた。

「おい！　てめえ、好《い》い加減にしろ！」

身を起こすと彼女はそう怒鳴りつけた。

「私、伯父《おじ》がテキ屋なんで昔から怒鳴り方とか勉強してたせいか結構、ドスが利くんです」

その豹変《ひょうへん》した姿に度肝を抜かれた彼は「はい」と小声で呟《つぶや》くとシャフトを放してしまったのだという。

「あっ！　と思った瞬間、彼の肩の高さから落下した重量上げみたいなバーベルが畳に沈んでいったんです」

地震のような音を立てアパート全体が揺れた。

床には巨大な穴が開き、下の部屋の様子が見えた。

「不幸中の幸いは下の人が工場勤めで変則勤務だったことなんです」

階下の住人は当時、仕事に出ていたという。

「普通の仕事の人や所帯持ちだったら、絶対に死人が出ていましたね」

費用は大家から全額請求された。

彼女はビルダーの彼を脅しつけると実家の連絡先を聞き出し、直《じか》に交渉し、全額を彼の親に負担させた。

「もうあんなナルシストの怪物みたいな連中と付き合うのは懲《こ》り懲《ご》りですね」

吉岡さんは苦笑した。

# 手錠

マナミは昔、作家志望の男とつきあったことがある。寡黙《かもく》で暗い男だった。

「いままでにないタイプだったのよね。声をかけたのは私のほう」

しばらくするとふたりは彼女の部屋で暮らすようになった。

「生活感も友達もない人で」

彼は本を何冊かと携帯、筆記用具だけで転がり込んできた。彼は一日中部屋にいて何かを書いていた。最初のうちはそんな彼の変わったところが魅力的でもあった。だが彼は時折、マナミに手をあげた。

「はじめは平手で軽くだったんだけど……」

そのうちに暴力はエスカレートし、バイトの帰りが遅い、実家に戻りすぎる、友だちのところに泊まりに行くなと様々な理由でマナミに手をあげ、蹴《け》った。

「普通ならすぐ別れちゃうんだろうけれど、うちは父も叩《たた》く人だったから……」

外出すれば二時間おきにメールが入り、返信しなければドスの利いた声で〈デートでもしてるのか?〉と吹き込まれ、叩かれた。また夜中に彼がジッと自分を見つめていることもあった。

真っ暗な室内、携帯の液晶パネルの明かりで彼は彼女を照らし、顔の臭《にお》いを嗅《か》いだ。

いつもは大人しいのに思い通りに書けないとストレスから暴力が激化した。

ある時、台所にいると「マナは俺のために指とか切れる?　できる?」と聞かれた。

「え?　ほんとに切るのは怖いな」

そう答えると彼は即座に小指を口に当て、ビッと鱗《うろこ》のようなものを歯で剝《は》ぎ取った。爪《つめ》だった。

「俺はできるよ。何のためらいもなく」

彼は爪をフッと流しに吐き捨てた。

以降、マナミの帰りが遅かったり、返信が遅れると爪が流しの縁に貼り付けてあるようになった。

「さすがに全部じゃないですけれど……」

二～三回そういうことが起きると外出するのが面倒になってきた。また半ば、強制的にイニシャルだけ肘《ひじ》の内側に縫い針と墨汁を使って彫られもした。

「外に出るときは絆創膏《ばんそうこう》を貼ってたんだけど。それも見つかったらどうしようって……」

気が気ではなかった。もう愛情はなかった。ただ別れると言えば殺されるかもしれないという恐怖だけで繋《つな》がっていた。実際、彼は実家の住所も知っていたし、「別れるなら心中する」が口癖だった。親に相談なんかできなかった。

やがて外出時のメールや電話が三分おきになった。

そんなある日、彼が実家に泊まりに行かなければならなくなった。出かける日の朝、

「一泊だけだから」と彼はマナミに手錠をかけ、クローゼットの把手《とって》につないだ。

「トイレはどうすればいいの」

「ここでしろ！」

彼はマナミの腹を蹴ると新聞紙を敷き、その上に排泄《はいせつ》用の洗面器、食事のパン、ジュース、テレビのリモコンを置いて出て行った。携帯は他にかけるといけないから、と取り上げられた。

初めはどうにかして外れないかと抵抗したがやがてあきらめた彼女は眠ってしまった。

気がつくと妙な臭いがした。目を開けると部屋のなかには、うっすらと白い煙が充満していた。廊下を誰かが駆け回る音がし、同時に何かが破裂する音が続いた。消防車のサイレンが近づいてきたという。

れた。

「火事だ！」

窓を見るとだいだいの炎が隣室のベランダから飛び出してきていた。アパート全体が揺れた。

その瞬間、生きたまま焼け死ぬなんていやだ！　その思いが彼女のなかで爆発した。

彼女が猛烈な勢いでクローゼットに体当たりすると運良く把手が壊れた。廊下に飛び出すと消防隊員が隣室へ殺到していった。彼女は野次馬のなかにまぎれ込むと燃えるアパートを眺めていた。

不意に肩が叩かれた。彼だった。

「どうしたの？」

「忘れ物だよ……。でも、オマエ焼けてあのまま死んじゃえば良かった。そしたらオマエはずっと俺のものになったのになぁ」

マナミは絶叫し、手錠で顔面を殴ると実家に戻った。

「普通の別れ方じゃなかったから良かったのかもしれない。火事場の馬鹿力みたいな勢いだったからキレられたんだと思う」

今でも手紙が来る。そこには〈やり直そう〉という文と一緒に殴られた傷にかかった医療費のコピーが必ず貼られているのだという。

# ひきこもり

カオルは高校卒業後、ひとり暮らしを始めてしばらくすると友だちの紹介で知り合ったクニオと同棲《どうせい》を始めた。クニオは細身でユニセックスな感じでカオルの好みにぴったりだったのだが神経質なのがたまにキズだった。

「たとえば歯磨きのチューブ」

カオルは使ったらキャップをしてそのまま置いておくのだが、クニオはそれが気に入らない。

「彼は下の方を曲げてクリップで留めないと気がすまないのね。そのほうが早く最後まで絞り切れて経済的だっていうのよ」

ところがカオルは毎回使うたびにクリップを外したり、はめたりが面倒だった。で、ついついそのままに放置しておくとクニオが怒り出す。

またボディーソープよりは石けんを好み、それも使い終わりに小さくなるとミカンを包む網のようなものに詰めていた。部屋のなかはいつもクニオによって整理整頓《せいとん》されていて、「スプレー缶類はここ、CDはタイトルを見えるように並べて、撮ったビデオは月曜から土曜までラベルが貼ってあって、それ以外には残しておかないの」

ある日、ふきんのことでケンカになった。

「わたしは絞って流しのすみに置いておいたんだけど、それが汚いって。ちゃんと開いて干せって」

たまたま虫のいどころが悪かったのかクニオはいつになく文句を言い立てた。

「もう良いよ。勝手にすれば」

カオルがそう言うとクニオは突然、隣の部屋の押し入れのなかのものを次から次へと取りだした。

「何やってるのよ」

「おまえのそういうだらしなさが治るまで、俺は俺の国に住む!」

クニオは押し入れのなかにこもってしまった。あまりのことにカオルは唖然《あぜん》としたが謝るつもりもなかった。

「放っておけば出てくるでしょう」

そう思い、無視することにした。

「ところがね。あいつ全然、出てこなくなっちゃったの」

いつトイレや風呂に入っているのかわからないが、とにかく閉じこもりっきりで顔は見せなくなった。

「いつまでこんなバカなことやってんだろうなぁって、でも声かけたりするとこっちが負けたみたいだから、しなかった」

そんな状態が驚いたことに一ヶ月も続いたある夜、妙な音が聞こえてきた。

「石と石を擦り合わせてるような……」

その音にベッドから出ると隣室にソッと入った。音は押し入れのなかからしていた。

しゃりしゃり……。

しゃりしゃり……。

彼女は押し入れを覗《のぞ》こうと襖《ふすま》に手をかけた。音が止まった。しばらくそうしていたが、やはり開ける気になれず部屋に戻った。

ガラス戸を閉める際、引きつったような笑い声が聞こえた。振り向くと妙な顔があった。

「頬《ほお》とかおでことかに滅茶苦茶なメイク」

狂った目のクニオが
「もう勘弁してくれよぉ」

と手にしたナイフを振り上げた。彼女は悲鳴をあげてクニオを突き飛ばし外にでた。

その夜は友だちの部屋で過ごし、翌日、仲間数人と部屋に戻ると、なかは滅茶苦茶にされていた。さらに押し入れを見てカオルは蒼醒《あおざ》めた。

「私の写真が壁中に貼ってあるんだけど」

いずれも頬や目がナイフで切られ、〈にくいにくいにくい〉との落書。

結局、クニオは街をふらついているところを警官に職質され保護された。

「ひとりでこもっているうちに頭がおかしくなっちゃったみたいなんです。それでもプライドが高いから外には出てこれなくて、きちんとしていたいのに押し入れのなかだとごちゃごちゃになっちゃうじゃないですか……それでおかしくなったんだって……」

押し入れには砥石《といし》があった。クニオは押し入れのなかで毎夜、それでナイフを研いでいたのだという。

壁には、

〈あいつ襖を開けなかった。あとちょっとだったのに残念〉

と血文字が残されていたという。

# 登山

「私、あんまり山登りとかハイキングとか得意じゃなかったんです」

緒方《おがた》さんは去年、友だちから山に登ろうと誘われた。

もともとあまり友だちのいなかった彼女は誘われたこと自体が嬉《うれ》しく、自分で登れるかどうか不安もあったが行くことにした。

「行ったのは私と、友だちとそのカレ」

目的の山は電車で一時間半ほど行ったところにある初心者向けの低山だった。

「それでも慣れない私には結構、大変でした」

ふたりはもう何度も登りに来ているようで、山のあちこちを指して「ここの花が咲いた」とか「ここ、鹿《しか》が通ったのかも」などと話していた。

休憩中に聞くと既に五、六回は来ているのだと言った。

頂上までたっぷり二時間は歩いた。

「山って、今まで狭くて土と石だらけの道を延々と登っていたのが頂上に来ると突然、バッと視界が開けるのが快感なんですね。私、知らなかった」

彼女の言う通り、その山は頂上手前が少しうねっていて前方の視界を隠すようになっていた。当然、登山客は頂上直近までそのパノラマを予想せずに登ることになり、そして一歩、林が切れると突然の絶景が現れるというのがその山の売りでもあった。

すごいすごいと喜ぶ緒方さんを見て、ふたりも連れてきて良かったと何度も頷《うなず》いた。

彼らはそこで昼飯を摂ると、少し別ルートを下りてから迂回《うかい》して帰ろうということになった。

「私たちが進んだルートには全く人がいなくて。三人だけの貸し切り状態でした」

三十分ほど進んだところで友だちのカレが「あっ」と声をあげた。

「どうしたの？」

「記念写真、撮るの忘れた」

「なにやってんの！」

彼女が怒り出し、緒方さんもそういえば自分も忘れていたと言った。

「じゃ、どこか景色の良い所で撮ろうよ」

ということになり、彼らはまた道を進んだ。

すると良い具合に景色がポンと木の間から覗《のぞ》いている場所があった。

「あ、ここにしよう」

カレの言葉で記念写真タイムとなった。

「まずは私がふたりを撮ったんです」

続いて緒方さんの番になった。

「あ、こっちの方が良いね。もう少しずれて……あ、そこそこ」

緒方さんのカメラを構えたカレがベストポジションを狙《ねら》おうと立ち位置を指示した。

「もう少し下がれる。あ、そうそう。あれ？　もうちょっとだね」

「あ、はい」

と、緒方さんが背後を確認せず足を出した途端、抜けた。

「草が生えていたんで、当然、その下は地面があるだろうと思って踏み込んだら何もなかったんです」

目の前がでんぐり返った。

胸が苦しくなると、どんどんどんどんといつまでも連続して続く衝撃と激痛に悲鳴を上げた。

まるで、でたらめな滑り台を下りているようだった。

ゴキャッ。
厭《いや》な音が体のなかでした。
気がつくと自分が崖《がけ》と言ってもいいほどの急斜面から転落したことがわかった。
すぐに自分を探す、ふたりの声が聞こえた。
「ここ！」
大声はでなかった。
息を吸う度に胸の下に釘《くぎ》を刺されるような激痛が走る。
十分ほどして友だちが藪《やぶ》の間から顔を見せた。
「あ！　こここ！」
緒方さんが必死に手を振った。
すると彼女を発見したにもかかわらず友だちは近寄って来ようとしなかった。
次にカレが現れた、カレは手にビデオカメラを持っていたという。
録音を告げるランプがレンズの脇《わき》で灯《とも》っていた。
「こっちこっち！」
緒方さんが気力を振り絞って叫ぶと彼らがゆっくりと近づいてきた。
それでも友だちは決してカメラより前に来ようとはしなかった。

「ねえ？　いい？」

「ちょっと待てよ。手とか折れてねえかなぁ。ねえ？　どっか折れてない？」

緒方さんは何か妙なものを感じながら「大丈夫だと思う」と告げた。

「なんだよ。それじゃあ、なぁ……」

カレはがっかりしたような声を出した。

その後もふたりは緒方さんを助け起こすことなく撮影を続けた。

「幸いなことに体を強打しただけで骨折とかなかったんで自力で下山できたんです」

慣れないためリュックに荷物をたくさん詰め込んだこともクッションとなって良い結果に繋《つな》がったのだという。

「とにかく、このふたりはおかしいって。私はもう悔しいのと、またどこかで落とされたらどうしようっていう恐怖で口もききませんでした」

三人は終始無言で駅に着くとそこで別れた。

以降、その友だちが積極的に緒方さんに話しかけてくることもなかったし、直《じき》に彼女は姿を消した。

噂《うわさ》によるとサラ金や闇金《やみきん》の借金があったのだという。

それから暫《しばら》くして彼女はテレビで自分の姿を見ることになった。

「衝撃映像みたいな番組だったんですけれど、私が落ちたところから撮ってあったんです」

その番組は優秀作品には賞金がでるといった類《たぐい》のものだったが、残念なことにその作品は何の賞にも引っかからなかった。

「すぐテレビ局に連絡して投稿者を教えて欲しいって言ったんですけれど」

局は制作会社の連絡先を教えただけだった。

制作会社にかけても納得のいく説明はなかった。

「ただ私のあの映像って一時期、各局に売り込みがあったものだったらしいんですよね。でも、あまりニュースバリューがないっていうことで二束三文で叩《たた》き買われたらしくって。あの番組の時にも投稿の形はとっていたけれど実際のところはお蔵になっていた映像で二時間番組を無理やり作ったっていうだけのことだったらしいです。結局、奴らは金のために人が怪我するか死ぬかするスクープが撮りたかったんだと今でも思ってます」

彼女は溜息《ためいき》をついた。

「登山はしてますよ。あれがきっかけなのが癪《しゃく》にさわるけど。山が悪いんじゃありませんからね。おかげで十キロ以上、体重も落ちたし、彼とも出会えたので」

# 山賊らぶほ

武田《たけだ》さんは去年、職場の上司と交際していた。

「彼は結婚していたんですけれど、実質は家庭内別居みたいな感じだって言ってましたね」

ある時、ふたりは都内の繁華街にあるラブホテルに泊まったという。

深夜、物音がした。

目を開けるとマスクをしたふたりの男が室内を物色していた。

手には大型ナイフ。

男たちは服の辺りを物色していた。

「で、びっくりしたんで私は彼を起こそうと太股《ふともも》を抓《つね》ったり、軽く揺すったりしたんです」

彼は一瞬、目を開けたが、すぐ難しそうな顔をして目を閉じてしまった。

〈え? どういうこと?〉

彼女は彼が寝惚《ねぼ》けているのだと思い、再び揺すった。

すると彼は凄《すご》い勢いで彼女を押すとベッドから落としたのだという。

ドンという音とともに男たちが振り返った。

彼女は恐ろしさで息が止まりそうだった。

男たちは彼女に近寄ると、騒ぐなとジェスチャーをし、ナイフで体をなぞった。

と、その瞬間、彼が飛び起きると物凄《ものすご》い勢いで部屋の外へ駆け出して行ったという。

「で、それを見て男たちも逃げ出して行ったのね」

彼女はフロントにすぐ電話をした。

「そしたらそこのホテルって最低で。警察に調べられると部屋が使えなくなるから営業保証をしろとか言うんです。やくざみたいな人もでてきて。こっちは女ひとりだし」

結局、言い負かされる形で彼女はホテル代を支払うと出て行ったという。

彼は裸のまま帰ってこなかった。

「その日の夕方、彼から電話があって」

自分の財布と服は持って帰ってきたかというので、ホテルに置いたままだというと怒鳴りつけられたという。

「だって自分は勝手に逃げ出したのにサイアクだと思いましたね」

彼は電話口で俺がとっさの判断で賊を引きつけたからおまえは命拾いをしたと言った。

「あんた、ただ逃げただけジャン。もし本当ならこれから警察に行ってよって言ったら、〈ごめん。怖かった〉だって……百年の恋も冷めました」

彼はホテルの裏から使い終わったガウンを羽織り、その格好でタクシーに乗って帰宅したのだという。

「私、あそこってグルなんじゃないかって思うんですよね。訳ありで文句の言えなさそうなカップルの部屋に入って泥棒してるんじゃないかって……」

いまでもそのラブホテルは営業している。

# 血文字

深夜、家に帰ると壁に〈またくる〉

と、壁に大きく血文字が描かれてあった。

心当たりはない。

# カネコ

ミキの元彼はスロット狂だった。

「昼間、私が働いている隙《すき》に私のものとか平気で質屋にもっていくんです」

性格は優しい人だったのでミキは好きだったのだが、彼女のおかあさんが成人式のお祝いに買ってくれたバッグを売られた時、ついにキレた。

「即刻、出てってもらいました」

それから変な電話がかかってくるようになった。

「カレは金がないんで携帯をもっていなかったんですね。だから友達との連絡は私の家電話を使ってたみたいで」

出ると無言であったり、「カネコだ」と名乗る。

彼女が彼は出て行ったと説明しても電話はやまなかった。そして夜になるとドアがノックされるようになった。

警察に行って話をしたが、さして興味をもった様子ではなく「わかりました」とぽつりと告げただけで顔も上げなかったという。

そしてその頃から嫌な臭《にお》いがするようになった。

「はっきり言って物の腐った臭い。でも、自分の部屋なのかよそなのか全然わからなかったんです」

夜中に冷蔵庫が閉まる音で目が覚めた。男がいた。

「黒っぽい格好をしてたから顔とかよくわからないんですけれど」

男は冷蔵庫のなかを探ると寝ているミキの元にやってきた。

「……あるのか」

男はそれだけポツリと告げるとあとは黙っている。恐怖でミキが固まっているとハサミを突き出した。

「あるのか?」

「なに? なんですか?」

「あるのか?」

「なにがですか」

男は手を伸ばすとミキの髪をつかんだ。

……ジョギリ。

耳元で音がすると髪が切り取られた。

「あるのか?」

「知らないです」

するとまた男は髪を切ったという。

何度目かでハサミが頭皮に当たり、ゾッとした瞬間、ミキは気を失った。

翌日、ミキは警察に駆け込んだ。

バスタブの天井裏から女性の下着と犬の首の入った袋が見つかった。首は腐っていた。

「カレ、私のパソコン使ってネットで危ない客を集めて部屋の時間貸しをしてたんです。何をするのも元通りにすれば自由みたいな……」

カネコも客のひとりであったが、金をもらうとパチスロへ出かけていた彼はカネコが何をしていたのかは全く知らなかった。

もちろん、カネコは偽名であり、今も捕まっていない。

# 部室

ユカは高校で体操部に入っていた。

「部室は結構広くて、マットとか跳び箱とか、そういう備品もしまってあったけど、それでも十畳ぐらいは余裕があった」

ユカたちは、よく部室にこもってはおしゃべりをした。勉強のこと、就職のこと、恋愛のこと、思いつくままにしゃべりあった。

「その日は平日だったんだけど先生がみんな研修でいなくなるとかいって部活は休みになったのね」

簡単な挨拶《あいさつ》だけして部員はめいめい帰宅した。そのなかでユカとふたりの部員だけがなんとなく部室に居残って、またおしゃべりに花を咲かせていた。話の途中から、仲間のひとりが急にそわそわしだした。

「ちょうどその子がカレにフラれた話をして、それを私たちがかなり笑ったから」

何でもないと言いながら気にさわったのかなと思ったという。

彼女は黙り込んでしまった。

「どうしたの……」

「出てけよ」

突然、彼女が低い声で怒鳴りだした。

「なによ」

「おまえ、ここから出てけ」

そういうと彼女は誰かが拾ってきた金属バットを振り回し始めた。

「ちょっと！　なにやってんだよ、おまえ！」

「うるさい！」

冗談でやっている風ではなかった。事実、振り回されたバットがかすったユカの鞄《かばん》が入口まで吹っ飛んだという。残るひとりも友達の急変に青ざめていた。

「出てけ！　出てけ！」

このまま放っておけないと思ったユカはなんとか彼女を落ち着かせようとした。するとユカを追いかけていた友人が不意に壁際に積んであるマットへバットを振り下ろした。

けだもののような悲鳴がし、マットが裂けると中から見知らぬ男が転がり出てきた。

三人は悲鳴をあげ部屋を飛び出すと職員室に逃げ込んだ。

「ちょうど私の後ろだったのね」

友達はマットの隙間《すきま》に目玉が浮かぶのを見たのだという。

「犯人は捕まらなかったけれどマットのなかは血びたしだったって……」

その後、三人にはしばらく警官の護衛が付いたという。

# デパート

前田《まえだ》さんは先月、あるデパートのトイレに入った。

個室は全て空いていたので一番奥の洋式トイレを使うことにしたという。

座っていると隣に人が入ってくる気配がした。

ちょっと妙だなと感じた。

「だって普通は入ってくれれば動きがあるわけですよ。服を下ろしたり、便座に座ったりっていう……」

そういう気配がなかった。

全く音がしなかったのだという。

〈やだなぁ……〉

学生時代、公衆トイレで痴漢に遭った経験を持つ彼女は、なんとなく居心地が悪くなってきた。

〈早く出よう……〉

そう思い身支度を始めた途端、バシャッと水が掛けられた。

と、感じた瞬間、鼻を突く強烈な異臭に咳《せ》き込んだ。

彼女は大声をあげると外に飛び出した。

その直前に何者かが飛び出していくのを感じた。

トイレ中にむせ返るような臭《にお》いが充満していた。


「ガソリンだったんです」

彼女の隣の個室にはライターが捨ててあったという。

「偶然、そのライターが点《つ》く前に私が飛び出したので相手は慌てて逃げ出したんです」

もし彼女の出るのが遅かったらどうなったのか？

「たぶん、即死していたろうと言われました」

ガソリンは投げたり衝撃を与えると瞬時に気化する。

彼女は気づく間もなく黒こげにされていたろうと警察は言った。

犯人はまだ捕まっていない。

# おつかい

アカネが声をかけられたのは繁華街から少し離れた路上だった。

「ちょっとマジ、ごめん」

二十歳前後のスラッとした背の高い男がにこにこ笑っていた。足に包帯を巻いていた。

「どうしたの?」

「悪いけどマルキュー行く?」

「行かないけど、そばは通るよ」

「あ、そしたら、そこにジャンプ持ったサラリーマンがいるから、これ渡してくれない。

アオキっていうの」

男は薄い紙包みをアカネに見せた。

「痛くなっちゃって、ちょっと辛《つら》くって……」

「ええ~。渡すだけ?」

「渡すだけ渡すだけ。パッと渡したらもう行っちゃって良いから」

「いなかったら?」

「今、電話したら待ってるっていうから。お願い!　お願いします」

男は両手を合わせたという。

「正直、ちょっとタイプだったから……。なんか少し手伝っても良いかなって思って」

アカネは今度、会ったらお礼してねというと男に手を振られながら待ち合わせ場所へと向かった。

アオキはすぐに見つかった。

「だって典型的なサラリーマンだし、ジャンプ胸の辺りで見えるようにしてんだもん」

アカネが声をかけるとアオキはギョッとした表情を見せた。

「なんだよ、女の子が来るとは思わなかった」

「はい、これ。じゃあね」

アカネが目の前の横断歩道を渡り、薬局横の露地に近づいた時、背後から声がかかった。

「おねーさん。ちょっと、ごめんね」

ゴリラのような体格のおじさんがふたり。「絶対、ヤクザだと思った……」

アカネは無視して歩こうとしたがゴリラは前に立ちはだかった。

「ちょっと話、聞かせてよ」

「知らないよ」

振り切って逃げようとした時、凄《すご》い力で腕を掴《つか》まれた。

「警察だ」

男は黒い手帳となかのバッジを見せた。

「ロリコンの裏DVDだったんだって」

さんざん油をしぼられたアカネが警察署から解放されたのは夕方だったという。

……ゆるしてはいけない。

# モロッコ

アイミが窓から叫んでいるのにトモコが気づいたのは国道二四六を渡ろうと信号待ちをしている時だった。時刻は二時。終電を逃した彼女は仕方なく家まで歩いていた。

「トモー！」

外車の後部座席から必死に手を振ってくるアイミに向かって彼女も手を振り返した。すると運良く外車がUターンしてトモコの前で停《と》まった。ドアを開けるとアイミが嬉《うれ》しそうに手を伸ばし、彼女を車内に引きずりこんだ。

「なにしてんの？」

「終電遅れちゃったから。歩いてた」

ふと見ると車のなかには運転手の他、助手席とアイミの隣に男が座っていた。

「なに、この人たち？　友達？」

トモコがたずねるとアイミは急にテンションが下がり、モゴモゴと口ごもった。見ると男たちはいずれもスーツ姿でアイミの遊び仲間には思えなかった。

「ねえ、どこに行くのよ?」

アイミはシートから床にずり落ちると手首の傷をいじり始めた。

トモコは急に怖くなった。

「ねえ、どこに行くのよ!」

トモコはアイミの体を揺さぶった。

「旅行……モロッコ」

助手席から低い声が聞こえた。

「いや、マカオかな」

「なにそれ?」

アイミはうつむいたままだった。

「お姉さんも一緒」

「え?」

「乗っちまったんだもん」

「えっ?」

「帰せねえだろう。仕方ないよ」

「ごめんね。ひとりじゃ怖くて……つい」アイミが手を合わせた。

「ふたりで稼げば早く返せるよ」

「イヤだよ。私、帰るよ！　降ろしてよ」

　ごすっと音がし、アイミが揺れた。隣の男が無言のまま革靴で蹴《け》っていた。「帰るってよ……。どうすんだよ」男は座ったまま腰を浮かせるようにしてアイミの顔を蹴り続けた。皮が裂け、鼻と唇から血が流れた。

「お願いします」アイミはトモコに泣きついた。「一緒に。お願い！」

「いやよ！」途端にドアが開き、トモコは放り出された。

「誰かに話したら次はあんたをさらう」

　トモコは恐怖で顔をあげることができなかった。

「帰ってからも誰にも言えなかった。ああいう怖さって経験しないとわからないよね」

　その後、一度だけアイミから電話があった。

「地方の温泉で済んだって、よろこんでたけどね」

　アイミは彼女を連れ込んだことを謝りたかったと言った。〈ごめんね〜。また東京に戻ったら遊ぼうね〉電話はそこでぶつりと切れた。

　以来、アイミからの連絡はない。

# 家族ハイク

明奈《あきな》さんは幼い頃から無理を強いられていた。

「うちは両親とも国立大学出で父はお役人。二人とも世間体の怪物だったの」

兄は両親の望み通り名門幼稚園から一流大学へと進学。それに引き替え、彼女は幼稚園からお受験を始め、それ専門の塾へ通ったにもかかわらず失敗。続く小学校の受験にも失敗。たった六歳で父親から〈人生の敗北者〉と言われるようになってしまった。近所の公立小学校に進学した途端、兄妹の扱いに露骨に差が出てきた。

「例えば誕生日。兄にはラジコンカーや新型のパソコンがプレゼントされるのに」

彼女の場合にはケーキだけ。それも父親は仕事が忙しいからと一緒に祝うことは少なかった。両親は明奈さんの学校の運動会や学芸会にも顔を見せなかった。心配した担任が何度か電話をかけてきたり家庭訪問をしたが、その度に母は不在を装い家を空けた。

「買ったパンやおにぎりをひとりで食べるのが私の運動会の想い出」

中学も受験させられたが彼女の成績に合ったところではなく難関校以外は許可されなかったので結果は全滅。中二の頃から過食嘔吐《おうと》をくり返すようになり、カウンセラーは何度も家族一緒の面談を求めたが母親がしぶしぶ参加するだけで父親はのらりくらり逃げて回った。

兄は彼女が六年生の時に名門大学の医学部へと合格を果たしていた。父親は兄が合格した日を「おまえが正に俺の子供になった日だ」と第二誕生日と宣言して以来、兄には一年に二度誕生日ができた。父親は引きこもりがちな娘と顔を合わせようとはしなかった。ところが中学三年の秋、突然、父親が家族全員でハイキングに行こうと言い出した。なんでハイキングなんだろうと思ったが兄が無邪気に「アキ、行こう」と嬉《うれ》しげだったので行くことにした。

「私のことを本当に心配してくれているのは兄だけだったの。ただ生まれてから一度も両親に反抗したことのなかった人だから面と向かって私をかばうことはできなかったけれど」

部屋に籠《こ》もっている彼女へこっそり、お菓子やマンガを運んでくれたという。

到着したのは車で二時間ほどのところにある山だった。

「ハイキングっていうよりは山登りだった」

父親の案内で四人は山道を進んだ。ひさしぶりの小旅行に兄は年に似合わずはしゃいでいたし、始めは硬い表情だった両親も中腹を越える頃には笑顔を見せるようになった。他の登山者の姿はなく、木々に囲まれた山道を四人だけが進んでいった。道幅は徐々に狭くなり、石が露出して歩きづらくなってきた。ちょっと見ると木が生えているように見えても実はその向こうは切り立った崖《がけ》というトリッキーな道が続いた。

突然、ふわっと体が浮いた。まるで大きな鳥に体をつかまれて持ち上げられた感じ。次いで足が滑り、目の前の景色が回転すると空気がごーっと鳴るのが聞こえた。自分が落下する空気の音だった。「崖から落ちたのね。大腿骨《だいたいこつ》、肋骨《ろっこつ》を折る重傷」二度の手術と半年の入院後、家に戻ると雰囲気は以前よりも重くなっていた。二ヶ月後に兄が自殺。両親は見る影もないほどにやつれ、父親は酒を飲んで暴れるようになった。一度、なぐさめようと声をかけた明奈さんに父親は、

「何でおまえじゃなかったんだ?」

と真顔でたずねてきた。

「何で奴が死んで、おまえがぬけぬけ生きてる? 何か意味があるのかな? 神様に聞きたいよ」

明奈さんはその頃から猛然と勉強を始めた。過食嘔吐は入院生活で治っていた。地元の

公立を出ると明奈さんは就職し、ひとり暮らしを始め、その後、結婚。両親とは年に二度ほどしか会わなくなった。

彼女が勉強を始めたのにはきっかけがあった。それを確かめようと昨年、大腸癌《がん》の手術のために入院した父親に会ってきたという。

「実は葬儀の後、兄の大親友だったという人から手渡すように頼まれたと言って手紙をもらったの」

封は切られていなかった。差出人は兄だった。兄はそのなかで〈いきなり、お父さんが君を突き落とした〉と記していた。

〈突き落とした後、人が誰も見ていないのを確認してから、僕らは母が作ってきたお弁当を食べた〉

兄はすぐに救援を呼ばなかったのは少しでも死を確実なものにするため時間稼ぎをしたのだと告げていた。

〈妹が血を流し、死にかけているその真上で僕はおにぎりを食べた。あの時に僕の魂は死んだ〉

明奈さんはベッドに横たわっている父親の体を揺すった。個室には彼女と父親のふたりだけだった。父親の意識がはっきりしたのを確認すると彼女は〈あのこと〉をたずねた。

父親は頷《うなず》き、

「恥知らずな、おまえさえ死ねば、みんな幸せになれたのにつくづく残念だ」

と、ひと筋の涙を流した。後日、父親の危篤《きとく》を報《しら》せる手紙が母親から届いた。〈どうせ長くないんだから、水に流しておあげなさいな〉とあったという。

「二度とあの人たちに会う気はないの」

明奈さんはポツリと呟《つぶや》いた。

クラッシュ

「高校時代から変わってる子だったんだけどね」

佐々木《ささき》さんの友だちにジョニーという子がいた。

「ハーフ?」

「ううん。全然、100%日本人なんだけど」

可哀想《かわいそう》なことに彼女のお父さんが大ファンの歌手の名前がジョニーだったのだという。

「本人も自分だけカタカナっていうのを凄《すご》く気にしてて」

高校時代は何とかして普通の名前に混ざろうと〈如煮〉などという当て字を使ったりしていたらしいのだけれど、それはそれでまた疎外感を膨張させる結果となってしまっていたようだった。

「まあ、本人にも問題があって」

とにかく暗い、しかし一旦、話しだすと自分の話に終始するという人を寄せ付けない不思議な魅力満載の人だったという。

佐々木さんが彼女と再会したのは都内で開かれた某お見合いパーティー。参加男性の多くが弁護士、歯科医、IT社長だったりするセレブパーティーだった。

「もちろん、こっちは全然、彼女だとは気がつかなくって」

向こうから〈佐々木さんじゃない〉と声を掛けてきたのだという。

ジョニーは別人になっていた。

「もちろん、顔も全取っ替えに近いぐらい整形だし、体も手を入れてたんだと思う。だけどそれ以上に性格が凄くあかるくなって、良くなってたの」

以前のような暗さや空気の読めない彼女ではなかった。

案の定、そのパーティーでも男性陣の注目の的だったという。

「あんた、変わったねぇ」

驚きで溜息《ためいき》まじりに言うと、彼女は「ふふ」と笑った。

「アノね……私、一回死んでるから」

ジョニーは文字通り、生まれ変わった人間だと言ったという。

「どういうこと」

こうして、佐々木さんはジョニーから聞いた話を教えてくれた。

ジョニーは二十歳になると死のうと決意したのだという。

「もともと生きていても仕方ないなぁって小学生の頃からずっと感じていたのね。生きていて何するんだろう？　生きて何が得なんだろう？　って」

ジョニーの家は両親が不仲で、おまけに長患いしているおばあちゃんがいた。

「悪性のリュウマチで……」

朝、目覚めるとすぐ激痛が走り、ほとんど寝られなかったという。

「手も足も自由にならなくて……」

息を吸うだけで気絶しそうな痛みが走るというおばあちゃんは幼いジョニーによく台所から包丁をもってきてくれと頼んだのだという。

「なにするの？　って聞くと〈神様のところに帰る〉っていうのよ」

さすがに包丁は渡さなかったが、ジョニーの家は暗かった。

高校を卒業して志望大学を全て落ちてしまうと、彼女は地元のスーパーに就職した。

仲間の多くは上京して大学へと進むか就職していた。

その頃、急激に〈死にたい感〉が募ったという。

インターネットで〈心中仲間募集〉のＨＰを探し当てたのもその頃だった。

「始めは鬱《うつ》っぽい子ばかりが集まるＢＢＳがあって、そこからチャットへ行ったりしてたのね」

　そうした掲示板に集まってくる子の中でも本当に死にたい子が集まったのがその手の心中援助型サイトだった。

「先輩っていうんじゃないんだけど……」

　そうしたなかでは様々な自殺テクニックの知識をもっている人が尊ばれた。

「例えば一番楽な死に方とか、両親に賠償とかでお金の負担を掛けない方法に詳しいとか。そういう人は重宝されまくってたよね」

　そのHPでは掲示板で〈死に仲間〉を探し、気になったらチャットで待ち合わせ、さらにメールのやりとりで実行、不実行へと移行するのが普通だったという。

「でも、本当に心中したかどうかはわからないの。事後報告なんかないわけだから」

　せめて新聞記事になったりすればわかるのだろうが、もともと本名でもないので詳細は全くヤブのなかというのが実情だったという。

　ジョニーはそこで黒猫と名乗る青年と知り合ったという。

「黒猫は自殺の知識も豊富で……」

　なによりも暗いところが良かった。

「死にたがっている奴らばかりだから全員暗いのかっていうとそうでもなくて」

なかには芸人のような人もいるのだという。

「もちろん、直接、会ったりすれば、それなりに暗いんでしょうけれど。そうでない人もすごく多い」

黒猫とはすぐに意気投合した。

死に方は彼に任せたという。

「それでも本当に実行するまでには、それからあと半年もかかったのね」

ある日、いつものようにチャットを楽しんでいると黒猫が唐突に「今週末やろう」と言い出した。

ジョニーは承諾した。

当日、待ち合わせ場所に現れたのは顔色の悪い痩《や》せた青年だった。

「車、借りたから……」

彼はそう呟《つぶや》くと自分からさっさと歩き出した。

車内で彼は車で激突死すると告げた。

「これが一番、派手だし迷惑がかからない」

慣れてくると彼は饒舌《じょうぜつ》になった。

いろいろな死に方の長所短所をまくしたてた。

小一時間ほどで目的の場所についた。

「じゃあ、いくぞ」

彼はそう言うとシートベルトを外した。

それまでは警官に停《と》められたりというトラブルを避ける為《ため》にしていたのだという。

「うん」

ジョニーも彼にならった。

「あのトンネルの入口、端の角にぶつける。あそこは硬いんだ」

そう言うといきなり黒猫はアクセルを踏み込んだ。

車体が跳ね上がるようにしてブッ飛んだ。

フロントガラスへ見る見るうちにトンネルの姿が大きくなり、突然、ハンドルが右に切られると車線を大きく外れた。

灰色で巨大な鉈《なた》のような外壁が見る間に迫った。

ドーン。

腹に響くような衝撃とともに全身が思い切り、前方に投げ出された。

頭を殴りつけられたように感じ、首が曲がった。

膝《ひざ》、肩、腹、胸へ信じられないような力と痛みが一度に押し寄せた。

気がつくとフロントガラスにいくつものヒビが走っていた。

全身が燃えるように熱かったが、死んではいなかった。

見ると黒猫が運転席から体を斜めにずらした格好で彼女を睨《にら》んでいた。

「大丈夫?」

思わずそんな言葉が飛び出した。

「ああ……」黒猫は呻《うめ》くように呟き、ギクシャクと体を起こした。その拍子に額から血がどろりと鼻の脇《わき》、顎《あご》の先へと垂れた。

「失敗だ……俺たち、生きてる」

彼はそう言うと車をバックさせた。

エンジンが、うがいをするような音を立てていた。

「もう一回。今度は良く死ねるように衝突する時にはもっと力を抜くんだ。無防備に。もっと無防備に……」

ジョニーは左手の中指が別の方向を向いて折れているのに気づいた。

哀《かな》しくはなかった。痛みもそれほど。

ただ死ぬなら一気にしたいという思いが、むくむくと湧《わ》き上がった。

「思いっ切りやってね」

「当たり前だ」

車をバックさせるとトンネルの入口断端に食い込んだバンパーが派手な音を立てて落ちた。黒猫は車をUターンさせると先程よりも遠くで停止させた。

「思いっ切りやってね」

「当たり前だ」

黒猫がアクセルを踏み込んだ。

一瞬、ドリフトするが体勢を立て直し、車体はトンネルへの壁へ突進した。

フロントガラスの隙間《すきま》から風が悲鳴のような音を立て車内に流れ込む。

ジョニーは衝突の瞬間を見届けようと目を開いた。

「はぁっ！」

黒猫は叫ぶとハンドルから手を離し、足をアクセルに突っ張ったまま、腕を組んだ。

ボーン。

黒猫を見ていたため今度はもろに真横からフロントに突っこんだ。

ぐしゃっと何かが潰《つぶ》れる音が体内でした途端に息ができなくなり、吐きそうになった。

黒猫は顔面をフロントガラスになすりつけるように飛んでいた。

エンジンがオヤジの文句のようにぶつぶつ音を立てていた。

全身が切り刻まれるように痛かった。

「ねえ！　死なないジャン」

ジョニーは痛みに耐えかね怒鳴った。

指が酷《ひど》く痛むので見ると衝撃で歪《ゆが》んだ指輪が肉に食い込んでいた。肉の奥から白く関節が覗《のぞ》いていた。足首も曲がり、ストッキングが血で黒く塗《まみ》れていた。

黒猫は黙っていた。

「痛いだけジャン。早く殺してよ！　死なせてよ！」

「俺だって一生懸命やってんだよ！」

彼はもう一度車をバックさせた。

金の棒で引っかき回しているような変な音が座席の下から響いていた。

黒猫は腕が折れているようで片手でハンドルを苦労しながら扱っていた。

バックの途中で木にぶつけ、その衝撃でふたりとも体をいらぬところにぶつけ、痛みに呻いた。

「ちゃんとやってよ」

「片手なんだよ。おまえ、運転しろよ」

「あたし、免許もってないもん」

「……そんなこと、この状況で関係あんのかなぁ」

黒猫は文句を垂れながら再び車を移動させた。

体の折れたか捻挫《ねんざ》したかしたところが急激に引き攣《つ》れ、体と首が丸まってきた。無理に伸ばそうとすると痛い。

黒猫の顔は血だらけだった。

しきりに目に入る血を首を振って飛ばしている。

それがジョニーの唇に当たった。

塩辛かった。

「これで最後だ。死ぬぞ」

「絶対だよ」

「本気だ。うおおおお！」

黒猫がアクセルを踏み込み、車が動き出した。

と、ハンドルが抜けた。

「あ！」

ジョニーが驚いて悲鳴を上げた。

「大丈夫！　このまままっすぐで！」

黒猫が前方を睨みつけていた。

トンネルの口がどんどんと近づいてきた。

ガクンと衝撃が走った。

ぽろんぽろんぽろんと音を立てながらスピードが急激に落ちた。

そしてトンネルの手前、カーブを曲がり終えたところで停止した。

「なにこれ……」

ジョニーが口を開くと黒猫が泣き始めた。

「バッカじゃ……」

と言い終わらないうちにけたたましいクラクションの音がし、ものすごい衝撃を受けた。

風景の前後左右が滅茶苦茶になり、特大のハンマーで顔面を痛打されたような気がした。

「で、結局、目覚めたら病院だったんですって」

ジョニーは全身打撲《だぼく》と両足、指の複雑骨折で半年入院し、その間、精神科医の治療を受け続けた。

退院後、彼女はただちに風俗で働き、五百万貯《た》めると〈自分を全取っ替えした〉のだという。それ以降、彼女は自分の生きたいように生きることを選択し、逆にそれがプラスになっていったのよと佐々木さんに告げた。

「でも、おかしなことに未だにその黒猫とは連絡を取ってるんだって」

レンタカーを滅茶苦茶にした黒猫はかなりの賠償をさせられたらしいが、追突した相手の保険によってジョニーともども怪我は完治していた。

「で、彼はいまでも自殺マニアで、いまでも死のうって言ってくるんだって。あの時は失敗した。今度は大丈夫だから。許してほしいって……。そんなに死ぬガッツがあるならいっそ諦《あきら》めて生きちゃえば良いのに」

と、佐々木さんは笑った。

# とびのり

エミが自宅のマンションに戻ったのは深夜二時すぎ。

「もっと早く帰るつもりだったんだけど」

仲間と打ち上げも兼ねたカラオケで盛り上がってしまったのだという。

「ケッコー、残業が続いていてやっと落ち着いたからね。ちょっとみんなで行くかー！ みたいなノリで」

エレベーターホールで待っていると七階からエレベーターが下りてきた。

ドアが開くと男が一人出てきた。

「もう遅かったから、へえ、この人これから出かけるんだって……ちょっと思ったのね」

入れ替わる形でエミは中に入り、部屋のある十二階を押した。

ドアが閉まり、ほーっと息をつくと急に眠気が襲ってきたという。

二階で停《と》まった。

眠い目をこすっていると男が乗り込んできたという。さっき一階で下りていったはずの男だった。

ゾッとした。

「何こいつ、下りたんじゃないのって思った」

おかしいとすぐに気づいた。

男は自分が下りる階を押そうとはせず、ただ荒く肩で何度も何度も息をしながらドアの前に立っていた。

エミは息を殺していた。

襲いかかられるのではないかと感じ、すぐに携帯で仲間に電話をした。

と、その途端、男がものすごい勢いでエレベーターの壁に激突し始めた。

「本当にすごいの。もう壁に激突して自殺するつもりなんじゃないかっていうぐらいの勢い」

エミは叫び声をあげた。

ついてないことに携帯は圏外になっていた。

男が壁に激突するたびに大きな音が箱のなかでとどろいた。まるで大砲が連続して破裂しているような音だった。

ドーン。ドーン。

男は羽織ったコートの肩を投げつけるようにしてぶつけた。

箱がその度に地震のように揺れた。

突然、ビーッというけたたましいブザーの音がした。

「やめて！」

エミは悲鳴をあげた。

するとすぐエレベーターのなかの電気が消えたという。

それと同時にエレベーターが上がっている感じがしなくなっていた。

停まってしまったのだ。

「私、知らなかったんだけど。エレベーターって緊急停止すると電気消えちゃうのね」

真《ま》っ暗闇《くらやみ》になると男は体をぶつけるのを止めた。

いきなり閉じこめられたパニックと男への恐怖で息が苦しくなった。

「なんか、自分はわりと強いほうだと思ってたんだけど……」

暗闇で何か鳴っていると思ったら自分の声だったという。

「くぅ……くぅって。泣いてたの」

あ、私って案外、弱いんだと思った途端に怖くなった。

いま、男に何をされても自分には自分を守る術《すべ》はひとつもなかった。

狭い空間のなかで男の汗の臭《にお》いが辛く鼻をついた。

「とにかく隅の方に身体を寄せておいたの」

男はしばらくの間、動く気配をさせなかったが、しばらくすると、ぴりぴりと何かを引っ掻《か》くような音がしてきたという。

ぴりぴりぴりぴり……。

「その時、あ、助けを呼ばなくちゃって思って……」

携帯を開けた……まだ圏外だった。

がっかりした瞬間、激しく手を叩《たた》かれ、携帯が叩き落とされた。

エレベータの床に携帯が音を立てて落ちるとエミとは反対側へとすべっていったという。

暗いエレベーターのなかに液晶の明かりがボーッと蒼白《あおじろ》く灯《とも》った。

白い顔に線がいくつもついていた。

「そいつ、いつのまにか座ってたのね」

下からエミを見上げる顔には血がべっとりとついていた。

男はうつろな目をしてシャツのなかに手を入れては、小さく呻《うめ》き、また手を取りだしてはそれを眺めていた。

シャツの下は真っ赤だった。

男は光る物を手にするとシャツをまくり、その下の皮膚に食い込ませた。

ぴりぴりぴり……。

薄い皮膚がぱっくりと裂け、血を吐き出し始めた。男はそれを手ですくってめずらしそうに見つめると自分の顔に塗りたくった。

……ううううう。

エミは自分の声が漏れるのを止めることができなかった。

すると男は初めてエミの存在に気がついたかのような顔をして彼女を見上げた。そして、ゆっくり立ち上がると剃刀《かみそり》を手に近づいてきた。

〈ぬめろう……ぬめぬめ……ぬめろうよ……ぬめろう……〉

男はそうつぶやいた。

そこで携帯の液晶が暗くなった。

エレベーターのなかはまた真っ暗闇に戻った。

「その時が一番怖かった」

ふと唇に硬い物が当たったという。

剃刀だと思った。今、ちょっとでも動くと顔が切れる……。エミは全身の毛が逆立った。

硬い物はジッとその場で停まったまま、胸と首筋を男の手が這《は》い回るのがわかった。鉄錆《さび》を思わせる血の臭いで苦しくなった。

……と、無理矢理、口の中に男の指が突っこまれた。舌の上に男の血が広がると猛烈な吐き気がし、無意識に男を両手で思い切り突き飛ばしていた。

ドーンと男が壁に当たる音がするのと同時にエレベーターの照明がつき、動き始めた。

「たすけて！」

エミは叫んだ。男は床に倒れたまま動こうとはしなかったが様子を見ている気もしなかった。

「早朝出勤する人がエレベーターの停まっているのを見て管理会社に電話してくれたみたいなの。早朝だったから修理会社もソッコーで来れたみたい」

男は精神科に通院中の男で、やってきた警察に連れて行かれたという。

「もう忘れたいんだけどね……」

今でもエミのところへ入院中の男から〈ごめんなさい〉とだけ書かれた手紙が来るのが悩みだという。

# 押し入れ

「最初はネズミかなって思ったんですよね」

ユリさんは今年の夏に引っ越したアパートのことを教えてくれた。

テレビを見ていると押し入れからドンと音がした。見ると小物入れが落ちていた。

「地震でもないのに変だなぁと思いました」

押し入れの物はそれから何度も転がった。

「そのうちに帰ると押し入れチェックが日課になっちゃって」

何かいるのかと天井板も外してみたがそれらしい気配はなかった。

「すぐ隣の敷地にいる大家さんにも何回か相談したんですけれど」

大家は毎年、駆除は行っているからと素っ気ない返事だった。

「ところがある時から声がするようになったんです」

夜中に寝ていると〈あ〉と聞こえる。すごく生々しい人の声だったという。

「おいおいおいおい……なんていう時もあるんです」

大抵が深夜だったので酔っぱらいが騒いでいるのかと覗《のぞ》いてみるが道路には誰もいない。それに声は室内からしているようだった。押し入れがあやしいと思った。しかし、誰かが潜んでる様子はなかった。

「そんなに大きなものじゃないし、人が隠れていれば絶対にわかると思うんですよ」

ある日、風邪で会社を休んでいた。寒気がひどく、何枚も重ね着をしたのだが効果がなかった。

医者に行き、薬をもらうと少しラクになったという。彼女は実家から昔、もらった〝湯たんぽ〟を出そうと押し入れを開けた。

壁で目があった。

女の顔が壁から覗いていた。

丁度、丸く顔の形に壁から突き出していた。

ユリさんより先に壁の顔の方が悲鳴を上げた。

「結局、壁に穴を開けていたずらしてたみたいなんですよね」

隣の女は丸く切り取った壁を巧妙にカモフラージュさせ、埋まっているように見せてはたまに顔を入れて叫んだり、物を落としたりしていたのだという。

「理由はわかりません。ただその人、大家さんの親戚みたいで」

素っ気なかった大家は態度を一変させ謝り、家賃を下げるから住み続けてくれないかと頼んできたという。

三日後、ユリさんは引っ越しをした。もちろん、全額大家持ちだった。

「あれから壁の薄いところには住めなくなりました」

ユリさんはホッとつぶやいた。

# 夜道

「……だね？」

と聞こえた。

深夜、彼女はひとりで帰宅していた。

既に午前〇時を回っていた。

声を掛けられたのは彼女のマンションの目と鼻の先。

交差点だった。

「はい？」

不意に声を掛けられたので驚いて振り向こうとした……。

記憶はそこまでだった。

頭に衝撃を受けたのは憶《おぼ》えていた。

気がつくと船が目の前にあった。

大型タンカーだった。

自分が港湾地帯に放置されていることに気づくのに暫《しばら》くかかった。

頭に手をやると包帯が巻かれていたという。

盗《と》られた物は何もない。

ただ携帯電話だけが無くなっていた。

ふらつく頭を押さえながら彼女は道路に出ようとした。

偶然、通りかかったタクシーに事情を話し、警察に連れて行ってくれるように伝えると
また意識が途切れてしまった。

次に目覚めると刑事らしき男に肩を揺すられていた。

「大丈夫ですか?」

「ああ……はい」

タクシーを下り、警察署の医務室で救急車の到着を待った。

その間、簡単な事情聴取を受けた。

「で、あなたは全く身に覚えがなかったんでしょう」

「ええ、そうなんです」

「恨まれたりすることも」

「ありません。信じて下さい」

「信じますよ」

刑事はそう言うと頭の傷に包帯が巻いてあったこと、荷物を取られていないことなどから彼女は間違われたのだと解説した。

「そんなことってあるんでしょうか?」

「間違いないと思いますよ。それがあなたのコートならね」

刑事に指摘され、自分のコートを見つめた。

傍らの鏡に自分と刑事が映っていた。

コートの背中が見える。

〈ごめんなさい〉

と、大きくスプレーされていたという。

# 好条件

「一緒に住もうって、結構、良い所を見つけてきたんだよね」

　ミチエは去年、彼と同棲《どうせい》を始めた。

「あいつ、家賃は俺にまかせろなんて言っちゃって。がんばってるなぁって尊敬してたんですよ」

　それは新宿にも歩いていける距離にある2LDKの物件だった。

「高かったでしょうっていうと、〈まあね〉なんて言っちゃって。その頃、ちょうど仕事も変わったところだったから不安だったんだけど良い転職ができたんだなって安心してたの」

　ところがしばらくすると妙なことが出てきた。

「始めは水の音だったんだよね」

　ユニットバスからいつまでも水滴の音がするのだという。それに誰も使っていないはずなのにトイレを流す音もする。

「それに夜、目を覚ますと誰かがしゃべってる感じがするんだよね。ほら、今までしゃべってて突然、やめた時みたいな感じ……。あの感じがするのよ」

その妙な感じは彼女がひとりの時、頻繁に起きた。

「寝室にいる時はリビングで、リビングにいる時は寝室で音がするのよね」

ひと月もたつと何かが畳をする音までしだした。彼女は彼に何度か不動産屋に連絡してくれるように頼んだという。

「昔、なんかあったんじゃないかと思ったの」

すると不動産屋では全くそんな事実はないと言ってると彼は告げた。仕方なく彼女は御札を貼り、御守りを身につけるようになったのだが、驚いたことに御札の一部が貼って一週間も経《た》たないうちに焦げてしまったのだという。

「こう、黒く。本当に焼け焦げたみたいになっちゃってたのね」

それを見た時にはさすがに彼も顔色を変えていたので
「絶対になんかあるよ」

と彼女は言いはった。

「不動産屋でらちがあかないのなら直接、大家に聞いてみてよ」

と。

彼はわかったと強く頷《うなず》いた。

しかし、大家からの返事も「そんな事件は全く存在しない」というものだったと彼は告げた。

そんなある夜、彼女は夜中に目を覚ました。横に寝ているはずの彼の姿がなく、見ると寝室の入口まで転がっていっていた。

「やだ。なんて寝相が悪いの」

彼女は風邪をひかせては可哀想《かわいそう》だと毛布をかけに行った。その時、何か動くものが目に飛び込んできたという。

「ちょうど、彼は寝室の扉が向こう側へ開いたところに頭を向けてたんですよ」

そこに何かがあった。

「ほら、扉って開けると壁と戸との隙間《すきま》ができるじゃないですか」

そこから白いものが畳に伸びていた。

指だった。白い指。ただし、爪《つめ》は無惨に剝《は》げ、真っ赤な肉が膿《う》んだようになっていた。

それが蟹《かに》のようにゆっくりと彼の髪の毛を隙間からつかもうと動いていた。息ができなかった。凍りついていると隙間から目が覗《のぞ》いた。

〈ゔあぁぁぁぁ……〉

扉の向こうのモノが呻《うめ》き声を上げた。一歩、後ずさりしたミチエに何かが当たった。頭の割れた男が大きく頷きながらミチエの身体をギュッと抱き締めてきた。ミチエはその場で失神した。

翌日、目を覚ましたミチエは彼を叩《たた》き起こすと昨夜見たことを説明し、その場で大家に電話をした。

面倒臭げな声を出した大家に向かいミチエは

「絶対、この部屋はおかしいです。誰か死んでるんじゃないですか？」

と怒鳴るように言った。

すると大家は「そうですよ。ふたり。ケンカで死んでるって言ったじゃないですか」と事も無げに告げた。後ろで彼がミチエを拝むように両手を合わせていた。

「結局、そこって殺人があった部屋なんですよ。で、彼もそれを知っていて借りたんです。安いから。こんな良い条件の部屋が借りれたのは奴の稼ぎが良いからじゃなくて。最悪の物件だったからなんです」

ミチエはその場で部屋を出ると実家に戻った。解約することもできない彼は契約が切れる来年までそこに住んでいる。

〈ごめん。今度はちゃんとしたところ借りるからやりなおしましょう〉
毎日、そういうメールが入るが今のところミチエは無視しているという。

# ゲー男

一昨年、ユリはプチ家出をした。

「オヤジに殴られたの。バーンッて。かなりすごい力で。それでプチ家出した」

飛び出した彼女は中学時代に仲の良かった先輩のところに転がり込んだ。

「いらっしゃい」

久しぶりにあった先輩はすっかり大人の女といった風でドキドキした。見ると玄関には男物のスニーカーがあった。

「ああ。全然、全然、大丈夫だから……」

先輩は遠慮するユリを部屋のなかに引き入れるとキッチンから続く奥の部屋へ招いた。

「ねぇ! この子、ユリちゃん。ちょっとしばらくここにいるから。良いよね」

ドアの隙間《すきま》から大きなテレビとその前に座っている男の背中が見えた。男は画面を向いたまま返事もしなかった。

「ゲーム馬鹿なの」

先輩が小声で言うと頭の横で指をくるくる回した。

「で、その日から一緒に住んだんだけど。マジでその男、ゲーム狂で。本当に部屋から出てこないの。ほんとに、ずっとゲームしてるんだよ」

ユリはあきれつつも、部屋であれこれ接触しないで良いぶん気は楽だった。

「先輩は勤め先の美容院にだいたい朝十時ぐらいに出ると帰るのは九時過ぎちゃうから。そのあいだは私とそいつのふたりになるんだけどね」

男には先輩が昼飯になるものを用意していった。

夜、先輩は男と同じ部屋に眠り、ユリはリビングのソファーで寝た。たまに深夜、部屋から出てきた男に気がつくことがあった。

「歩きながら何か言ってるんだよね。ホメパネをガリムでどうこうとか……。エンゲツギリの効果はホメパの町が沈むまでとか……」

男は念仏のようにゲームの出来事を口走っていた。ある時、帰宅した先輩と男が猛烈なロゲンカを始めた。

「攻略法を先輩がネットで検索できなかったから。発売されたばっかだからネットにも情報あがってきてないみたいなんだよね。でも、そんなこと関係ないみたいで」

仕事で疲れた先輩の口調が荒くなった。と、突然、男は先輩を部屋の外へ突き飛ばすとドアを閉めた。

「マジでまいるよ。ガキで」

床で打った頭を押さえながら、驚いているユリに向かい、先輩は弱々しく微笑《ほほえ》んだ。

翌日の夕方、ユリがソファーでうたた寝していると体が揺さぶられた。男が怒った顔をしていた。

「なに?」

「おまえ、攻略本買ってこい」

変な声だった。感情が無かった。

「なんの? そんなの知らないよ。あたし、ゲームしないから」

「書いた。書いたから買える。書いたのを買ってこい」

男は一万円とノートの切れ端を差し出した。

「なんであたしが? 自分で行けば」

「俺はすげぇ、い・そ・が・し・い・んだ!」

男は真っ赤になって床を踏み鳴らした。完全にイッてるなこいつ……ユリは思った。家を出たユリはなんとか駅前の本屋で見つけ、帰宅した。

「持ってこい！」

男はテレビ画面に釘付《くぎづ》けになっていた。ユリは本をそばに置くとリビングでうたた寝の続きを始めた。

するといきなり髪の毛が引っ張られソファーから落とされた。髪の根がジンジンした。顔を怒りで歪《ゆが》ませた男が立っていた。言葉を発する前にバンと硬い物が叩《たた》き付けられた。先程買ってきた本だった。

「おまえ、なにやってんだよ！」

「なによ？」

「これはな。これは。これはⅢなんだよ！　俺が欲しいのは、Ⅳなんだよ。畜生！」

男の手にはサバイバルナイフが握られていた。

「おまえ。なめんなよ」

男は突然、ユリを部屋に連れ込むとテレビの前に座らせた。

「これからおまえ、俺の代わりにやれ」

男は何度もナイフの先をユリの体に押し付けてきた。目は完全にイッていた。

「それから一番弱い武器で最高レベルまで上げさせられたの」

パーティーが全滅するたびに男はユリの髪をサバイバルナイフで削《そ》いでいった。耳元でジョリッと音がし、髪がゴミ箱に捨てられた。ゲーム内のマップを全て回らなければならなかった。何度も同じ事を繰り返し、失敗するたびに蹴《け》られ、突かれ、削がれた。二、三時間はあっと言う間に過ぎ、気がつくと夜の十時を回っていた。先輩が来たら助けてもらえる……ユリはそう考えていたが。

「先輩、全然帰ってこなくて」

トイレ以外、寝ることも許されずユリは指示されるままにゲームをした。脳が腫《は》れているような気がした。何度も吐き気に襲われたが男はゲームを止めるのを許さなかった。そして遂に最高レベルのパーティーになった途端、隠しアイテムが続々と出てきた。すると男はユリを突き飛ばし、コントローラーを取り上げたという。ユリは立ち上がると釘付けになっている男から逃げようとした。その瞬間、激しいめまいがし、足に何か引っかかった。

〈あ〉

と悲鳴に似た声がした。見ると真っ暗なテレビ画面の前で男が固まっていた。ユリはタコ足配線になっていたゲームのコンセントを壁から外していた。

〈ぎゃあああ〉

ユリは男が狂った叫びと共に振り返った途端、裸足《はだし》のまま部屋から飛び出た。

〈どう?〉ケータイに出た先輩は開口一番ユリにそう聞いてきた。

「なにがすか?」

〈もう疲れちゃったんだよね。あんた、割とマイペースだし。合いそうじゃない?〉

先輩は始めっからユリと男をくっつけ自分と交代させようと思ってたと告げた。

〈あいつ、良いとこのボンだから。部屋代もかからないし、毎月三十万ずつ振り込まれるキャッシュカードくれるからさぁ。あんた我慢できない?〉

「無理! 絶対無理!」

〈そっかぁ。じゃあ、悪いコトしたね。あたしももう少しほとぼり冷ましてから帰るわ。部屋、荷物残ってたら送るから。ごめんね~。ゆるしてねぇ〉

先輩は一方的にそう言い、電話を切ったという。

ゆるしてはいけない。

# お泊まり

江藤《えとう》さんはある日、同じクラスのミチョから「ウチに泊まりに来ない?」という誘いを受けた。

「彼女とはたまに授業の時に少し話すぐらいの仲だったんですけれど……」

ミチョの話では他にも女の友だちが泊まりに来るからにぎやかにお酒でも飲もうということだった。

「わかった。何時にどこ行けばいいの?」

そして江藤さんは教えて貰《もら》ったマンションに向かった。

「その日はバイトがあったから着いたのはもう九時近かったように思う……」

なかにはミチョ以外に四人も女の子がいたという。

「全員が看護婦さん。高校時代の同級生だって言ってた」

狭い1DKの部屋に女が六人。賑《にぎ》やかにならないはずがなかった。

彼女たちはそれぞれにその世代の女の子にありがちな恋や結婚の悩みを打ち明けながら飲みに飲んだ。

「で、なんだか急に眠たくなっちゃって」

江藤さんは皆より先に休むことにした。

「ごめんね、何だか疲れちゃったみたい」

「寝な寝な」

「大丈夫だよ！」

恐縮している彼女に皆が優しく声をかけた。

「ほんと、爆睡でしたね」

翌日、目を覚ますと昼近かったという。

部屋には誰もいず、テーブルにミチヨのメモだけが残されていた。

〈お疲れ〜。鍵《かぎ》は下のポストのなかにつっこんどいてね〜〉

体が異常に熱っぽかった。

なんだろうとおでこに手をやった途端、腕に痛みが走った。

見ると両腕の内側が真っ青に腫《は》れていた。

「なんかかさぶたや血豆みたいなのがいくつもできてたんです」

怖くなった彼女は部屋を出て、一旦、帰ると病院に行った。

彼女の腕を見た医師は一発で。

「これは注射痕《こん》だよ。あんた透析でもしてるの？」

と、不審そうな目を向け、傷薬を処方してくれた。

「注射痕ってなに？　って思ったんですよね」

彼女は病院の前からミチヨに電話を掛けたが、繋《つな》がったのは夜、遅くなってからだった。

「ウチで話そうよ。渡したいものもあるし……」

ミチヨは江藤さんにそう呟《つぶや》いた。

「で、行ってみたんですよね」

部屋にはミチヨひとりだった。

「上がって」

江藤さんは乞《こ》われるままに部屋に上がり、リビングのカーペットに腰を下ろした。

「ねえ！　どういうこと？　なんか知ってるの？」

するとミチヨは突然、彼女に土下座した。

「ごめん！　アンタを人助けに使わせて貰いました！」

「え？　なに？　それ」

「本当にごめん。許して！　ね！　堪忍」

ミチヨは両手を合わせて江藤さんを拝んだ。

「意味わかんないから、ちゃんと話して……」


それによるとミチヨはあの看護婦さんたちの実習の応援に江藤さんを使ったという。

「彼女たち看護婦って言ったけど、まだ卵なのよ。それですごく注射がへたな子たちで」

江藤さんを使って練習台にしたのだという。

「いつもは自分たちで注射の練習をしているんだけど、それだと慣れっ子になっちゃってダメらしいのね。それで……」

ミチヨは封筒を江藤さんに渡した。

三万円入っていた。

「なにこれ？」

「迷惑料。ううん、口止め料でも良い。あんたがもしこのこと誰かに喋《しゃべ》ったら、私はしょうがないけど。あの子たちみんな長い時間かけて目指した看護婦の仕事を諦《あきら》めなくちゃならないでしょう。だから……」

「そんな……」

「本当にごめん。でも、あの子たちすごく感謝してるから。病院に勤めるようになったら便利だよ。だってすごい恩を売ってるんだもん。ね？　ね？」

なんだか文句の半分も言えないまま、彼女はミチヨの話に頷《うなず》いて帰ってきてしまった。

もちろん、ミチヨとは自然と絶交状態になった。

「それから、ひと月ほど経《た》った時、偶然あの時の仲間のひとりとクラブで会ったんです」

江藤さんが声を掛けると相手も笑顔でやってきたという。

「それがなんか全然、罪悪感とか感じてないみたいなんですよね。あの時はありがとうみたいに言うだけで」

それでカチンときた江藤さんが〈ちょっとおかしいんじゃないの〉と口にした。

相手は驚いた様な顔をしていたが、やがて口を開いた。

「訳わかんないなぁ。練習代は払ってるんだから、何も文句言われることないでしょう」

「は？」

彼女の話によるとミチヨは彼女たちの仲間でも何でもなく、単にバイトとしてやっているのだという。

「もう二年前ぐらいからやってるっていう話でした」

ミチヨはひとりにつき五万円で注射の練習代を請け負っていた。

彼女たちはてっきり江藤さんも了解済みだと勘違いしていたという。


江藤さんは次の日、ミチヨに改めて文句を言いに行った。

すると彼女は態度を豹変《ひょうへん》させ、

「何言ってんの、あんたも良いって言ったジャン。バイト代あげたでしょう」

と、うそぶいたという。


江藤さんは警察に相談してみようとも思ったが無駄だと諦めた。

その後、ミチヨは二度留年して大学から消えたという。

「ほんと簡単に人に気を許してはだめね」

彼女はそう溜息《ためいき》をついた。

# リバウンダー

「つきあいだす前は、かなり痩《や》せてたんです」

笹田《ささだ》さんは去年まで同棲《どうせい》していた彼のことを教えてくれた。

「それが同棲する少し前からちょっと肉が付いてきて……」

半年もすると二十キロも太ったのだという。

「もうその増え方がハンパじゃないの。水飲んでも太るみたいな感じで」

服は全て着られなくなり、買い換えたという。

「それでも本人はパンツとか太ったのを認めたくないからギリギリまで無理してはくわけ」

ある日、デートをしていると「うっ」と呻《うめ》いてうずくまってしまったのだという。

「すごく苦しみだして。それがあまりにも普通じゃないから」

タクシーに乗って帰宅した。

家に帰ってみると太股《ふともも》が切れていた。

「ぶよぶよの太股にパンツの生地が食い込んで無理に長い間、歩いていたから肉切れ起こしたんです」

腿《もも》に生えた毛の隙間《すきま》から皮が裂け、肉が覗《のぞ》いていた。

「それで本人は懲《こ》りたみたいで自分に合ったのを買ってきたんです」

すべてXXLだったという。

「もう普通のお店じゃなかなか売っていなくて大きな人専門店みたいなところになっちゃったんです」

その頃から彼女は痩せた方が良いと口にするようになった。

でも彼曰《いわ》く、自分はもともと太っていたのを我慢して痩せていたから、これが自然体なんだとうそぶいた。

「正面とか昼間は良いんですよ。まだ……」

でも、寝ている姿やすれ違った時の後ろ姿を見ると。

「自分が付き合おうとしたのは、この人じゃないって思いが湧《わ》いてくるんですよねぇ」

体が重くなった彼は外出したがらなくなった。

休みの日は一日中、家でゴロゴロと飯やジャンクフードを食べ続け、夕方になるとどこかへ食事に出かける。

それが定番になっていった。

「映画に誘っても〈行きたくない〉。買い物に行こうといっても〈行きたくない〉。本当に一日、転がってるだけになっちゃったんですよね」

それでも最初のうちはうるさくいうとジャージを着てランニングなどに出かけることもあった。

ところが一年も過ぎると〈膝《ひざ》に悪いから〉という理由でトレーニングも一切しなくなってしまった。

体重はどんどんと増え続け、ついに百キロの大台を突破したのだという。

「もう肉体関係も全くでしたね。百に近づいてからはこっちもイヤだったけれど、その前に向こうが面倒臭くなっちゃったみたいで……」

昼間からビデオ鑑賞かテレビゲーム、そして夕方までだらだらと何かを食べ続け、夜になると外食、これが彼らの休日の過ごし方となった。

そんなある日、家に帰ると便座が無くなっていた。

彼はその頃、勤めていた会社をクビになり、失業保険で暮らすニート状態になっていた。

「ねえ。おトイレの便座、知らない？」

するとと彼はベランダを指差した。

そこには割れた便座の破片があった。

「座っただけで壊れちゃった。ダメだなあれ」

彼は鼻をほじりながら呟《つぶや》き、ぺーっぷぷっと放屁《ほうひ》した。

「ああ、もうダメだと思ったのはその時でしたね」

彼女は別れることを決心した。


数日後、話を切り出すと彼は途端に慌て始めた。

「それこそ土下座しながら泣くんですよ」

それで彼女はやり直すチャンスを与えた。

「ひと月以内にとりあえず十キロ落とすことってふたりで決めたんです」

それから彼はダイエットを始めた。

最初の一週間は順調に行っているようだったが、じきに難しくなった。

「ほんの少し頬《ほお》がこけたかな、ぐらいでしたね」

何か友だちと飲み会があってそこでパーッと食べてしまったのが原因で体重が戻ってし

まい、そこで一挙にやる気が失《う》せてしまったようだった。

「そしたら前よりも食べるようになっちゃって」

リバウンドしたのだという。

そしてふたりはまた話し合い、彼はまた土下座をし、ダイエットを誓った。

「それでもダメだったんです」

結局、風邪を引くとか、足首を捻挫《ねんざ》したとか何か理由があるとそれをきっかけにトレーニングはしなくなり、そうすると気力が失われてしまい、また元の生活に戻っていくのだという。

そんな時、彼女に好きな人ができた。

決定的だった。

「もちろん、彼には言わなかったけれど。それまでとは接し方が違っていたから、これはヤバいって思ったんじゃないかしら」

彼は五度目のダイエットでは絶食を始めた。

「とにかく食べないんですね。本当に死んじゃうんじゃないかと思ってたら」

四日間、食べずに居たという。

さすがに目に見えて体重が減ってきていた。

確かに量ってみるとたった四日で五キロ落ちていた。

彼は辛《つら》そうだが、嬉《うれ》しそうでもあった。

「このままいったら減量に成功するだろうなぁって、そんな感じがしてたんです」

ところが六日目に彼はひとりでコンビニに立ち読みに行った帰り、階段から転落。

そのまま失神してしまったので救急車で病院に運ばれることになった。

直《ただ》ちに検査されたが栄養状態の悪いことが看破されてしまい、点滴と食事が供された。

もともと無理なダイエットにすがる人間には〈喰《く》うか〉〈喰わざるか〉一か〇かの二進法の選択しかない。そこそこに食べるなどという中間はなかった。

彼は二日で退院するとその足でコンビニに行き、クリームのついた菓子パンとフランクフルト、カレーパン、ドーナツ、ポテトチップス、コーラなどを買い込み、部屋に入ると着替えもせずに座り込んで食べ続けた。

乾ききった地面に水が吸い込まれるように、それらは脂肪として蓄えられ彼は二日で十キロ増えた。

完全なリバウンドだった。

「もう無理ね」

彼女はトイレで食べたものを吐こうと口に指を突っこんでいる彼の姿を見て、ぽつりと呟いた。

彼はトイレの床にひざまずくと泣きながら、もう一度、チャンスをくれと言った。

「怪我をしたのが悪かった。あれは不運だったんだよ」

彼は叫んだ。

いつもなら考えるところだが今回は好きな人が彼女にもいた。

「一度、別れた方が良いと思う」

彼女はそう呟いた。

泣きじゃくる彼には明日、部屋を出ていくからと告げた。


深夜、彼女は頬を冷たいもので撫《な》でられ、目を覚ました。

大きな人影がベッドの脇《わき》に座っていた。

見るとナイフが手に握られていた。

彼だった。

「なに?」

彼は無言のまま、彼女の胸元にあるものを放った。

彼女の携帯だった。

「おまえ、浮気してたんだな」

「見たの？　ひどいじゃない！」

「ひどいのはおまえだ。応援するフリして陰で俺のことをそいつと笑っていたんだろう」

「別れるって決めたのはもっとずっと前のこと！　この人は関係ないわ」

彼は低く笑った。

笑いながら彼女の掛け蒲団《ぶとん》をナイフで切り裂いた。

「おまえを失うぐらいなら、俺はなんだってやれる」

彼はそう言うとレタスを手にし、捻《ひね》るようにするとふたつに割った。

ジャラリと音がし、なかから指輪と札束が出てきた。

「どうして？」

「おまえがヘソクリしてるのなんか、とっくにお見通しだったよ」

彼女が起きあがろうとすると彼がナイフを突き出した。

「勝手に動くとズタズタにする。もっともそうすれば男は逃げて、俺しかおまえを愛せないようになるかもしれないから、好都合か……」

くくくと彼は笑った。

笹田さんが黙っていると彼は札を小さく折り畳んだ。

それを口のなかに入れると、次にペットボトルを摑《つか》み、なかのジュースを飲み干した。

「あー、万札ってのはあんまりうまくねえな」

彼は笑った。

彼女は銀行が嫌いだった。

昔、落としたカードで買い物をされてから彼女は現金は家に置くようになった。

レタス形の貯金箱はそのためのものだった。

なかには二百万ほどあったという。

彼はそれらを一枚一枚丁寧に折り畳んでは飲み込んでいった。

「デブの大食いっていうのも立派な武器になるだろう」

彼は何度も札を飲み込みながら笑った。

「泥棒！」

「おいおい。誤解するな。ちゃんと返すよ、ふふふ」

彼は長い時間を掛けて全ての札を飲み込んでしまった。

そして残った指輪も口に含むとゴクリと飲み込んだ。

「えー」

彼は飲み込んだことを彼女に確認させるかのように口を開いた。

厚ぼったい舌が左右に揺れるのが見えた。

彼女が軽蔑《けいべつ》しきった目で見ていると彼は一瞬、淋《さび》しそうな顔をした。

「なあ、本当にやり直す気はないのか?」

彼女は力強く頷《うなず》いた。

「そうか……」

彼は立ち上がるとシャツを脱いだ。

鏡餅《かがみもち》のように皮膚の重なった上半身が晒《さら》された。

「水死体みたい……」

彼女が呟くと彼はにやにや笑った。

「十キロだったな。十キロ体重を減らせば良いわけだ。そしたらおまえは俺の元に帰ってくる」

「できなかったじゃない」

「ふふ。あれは回りくどいやり方をしたからだ」

彼はそう言うと脇腹の肉を摑んだ。

「確かにこんなのを徐々に減らすなんて無理だよ」

と、次の瞬間、ナイフをそこに突き立てた。

「う〜」

彼は低く呻いたが一瞬たりとも彼女から目を離さない。

睨《にら》みつけたまま刃を動かした。

「う〜。うう〜」

ビチビチビチ……彼の呻き声の合間に肉と皮が引き切られていく音が響いた。

「や、やめなよ〜」

「十キロ。十キロ減らしたら、オマエは俺のところにいる」

やがて楕円《だえん》形に肉が切り取られた。断面には黄色い脂肪が白い真皮に包まれ覗いていた。

腹から足下《あしもと》が真っ赤になり、血だまりができた。

「ほら」

彼は肉を彼女の手の上に載せた。

「落とすなよ。落としたら喰わせるぞ……。うむ、まだ足りないな」

彼は反対側を摑んだ。

ビチビチビチ……。

再び切り始めた。

部屋中に血と甘臭い妙な臭《にお》いが充満した。

彼は刃を動かすたびに放屁している。

ビチビチ……ブ、ブピ、スー。

彼は振り返ると彼女の手の上に肉を載せた。

荒い息が彼女にかかる。

「十キロ減量したぞ。まだ俺と付き合うだろ」

頬の辺りから首筋に血を付けた彼が覗き込む、彼女は何度も頷いた。

手の肉が生暖かく、何故《なぜ》かは知らないがびくびくと震えているように感じた。

「嘘《うそ》だな。おまえ、俺に嘘をついている」

彼女は首をふった。

「嘘じゃないのか?」

もう言葉が出なかった。

目の前で人が自分の肉を切り取ったりするのを見るのは初めてだった。

「なら喰え」

彼女は必死で頷いた。

「え?」

「喰え。愛してる男の体を捨てるわけにはいかないだろう。喰え」

喉《のど》の奥が鳴り、胃がむかむかしてきた。

血と脂の臭いがむせ返るように感じられた。

「ほら、喰えよ」

彼はそう言うと彼女の手から肉を取り、口に押し当ててきた。

頭の奥のほうで電気が切れたようなジーンと痺《しび》れる感覚が走り、彼女は失神した。

朝になると彼も肉も消えていた。ただカーペットや掛け蒲団に残された血痕《けっこん》が昨日のことが現実だと教えていた。

彼女は警察よりも彼の両親に連絡を取ったという。

それがせめても彼への優しさのように感じた。

彼は三日後、病院へ入院しているところを発見、保護され、実家へと戻っていった。

「で、私も引っ越す準備をしていたんです」

友だちに手伝って貰《もら》い荷造りをしていると宅配便が届いた。

なかを開けるとビニール袋に包まれた味噌《みそ》がたっぷりと詰まっていた。

なかに、〈やりすぎたかな？　ごめんね〉と汚い字でメモが入っていた。

「彼は返金してきたんです。指輪も」

ビニールを開けた時、あまりに酷《ひど》い臭いに気絶しかけたという。

彼女はそれをザルでこし、札を取り出した。

「何が辛いってあれほど辛いことはなかった」

札は四枚足りなかった。

彼が使ってしまったのか彼のなかに留まっているのかわからないという。

「指輪は臭いが取れなくて……」

結局、二束三文にしかならなかったと彼女は溜息《ためいき》をついた。

# 赤白シャツ

マキは去年の暮れ、ミノルと〈廃墟《はいきょ》ツアー〉をした。ふたりは懐中電灯を頼りに廃ホテルへ忍び込んだ。

「一応、ホテルって名前はついてんだけど、民宿のちょっとデカイやつ。本当のホテルじゃないの。少し長めの廊下があって地下一階の二階建て」

一階には他の侵入者の残していった落書やゴミが散乱していた。壁には歪《ゆが》んだ女の顔の絵や〈みんな死ぬ死ぬ死ぬ〉〈呪《のろ》い殺す〉〈怨霊《おんりょう》〉などの字があちこちに書かれていた。

一階から二階を巡り、地下への階段を下りている時、グラッときた。

足下の階段のコンクリートが大きく崩れたのだという。

あっ！　と思った瞬間、もう体は空中に投げ出され、叩《たた》き付けられた。痛みと突然の出来事にボーッとしながら辺りを見回すとミノルがいなかった。上を見ると血の気を失ったミノルが立ちすくんでいた。崩れた階段は途中で消えていた。

「ミノル！」

マキが叫ぶと彼は大きく頷《うなず》き、階段を駆け登った。車のエンジンのかかる音がし、やがて遠ざかった。

「ミノル！　いやだよ！　こんなとこひとりになれないよ！」

マキは必死に叫んだ。ひとりでに涙がこぼれた。身体のあちこちがズキズキと痛んだ。

「……うるさいなぁ」

すぐ側《そば》で声がした。心臓をじかに摑《つか》まれたようなショックが走った。

ミシリ……ミシリと音が聞こえだした。マキは壁に身を押し付けるようにして声のするほうを見た。

すると光の当たる場所に男が立っていた。赤白のシャツに背広のパンツだけの痩《や》せた男だった。言葉がなかった。男の首には切れた縄がだらんとぶら下がり、顔は真っ赤。血で髪が水飴《みずあめ》で固めたように突っ立っていた。男は血塗《ちまみ》れだった。シャツが赤白なのは血のせいだった。男は両手を伸ばし、ギクシャクとゴミや廃材を踏み付けマキに近づいてきた。

「アンタ誰？　うるさいよ。すごく……うるさい。死ねないじゃないか」

マキは口から飛び出しそうになる悲鳴をなんとか嚙《か》み殺した。

「だってその人、ちゃんと目が見えてないみたいだったから。叫ぶとバレると思って」

男の顔は傷だらけで目の辺りがぐちゃぐちゃになっていた。手に先が折れて半分になった包丁。それを空中でぶんぶん振り回しながらマキのほうに音を頼りに接近して来た。月明かりが男に当たっていた。なんだか今、見えているものが全部狂ってるような気がした。

「すごく怖くて、本当は今にもアーッて叫びたかったんだけど」

マキは、どうにかこらえた。

それでも男は迫るのでマキは少しずつ移動した。瓦礫《がれき》を踏むたびに大きな音がし、男が向きを変えて追ってきた。闇は濃く、先にまた穴があるかもしれなかった。助けを呼びに行ったはずのミノルに探し出して貰《もら》うためにも、あまり落ちた所から遠くへは行きたくなかった。

店のシャッターの辺りにある硬い雨よけカバーのようなものが落ちていた。マキはそれにくるまると壁に背を押し付けた。

「ああ、そうかい……そうかい」

マキが動かなくなると男の口調が怖くなった。

「おまえは俺をバカにしてるんだ。みんなと同じだ。あいつらと……。あのまなざしと……」

男はぶんぶんと音を立てて包丁を振り回すと勝手に歩き始めた。何度か倒れ、その度に怒りのこもった声を上げた。ところが途中で立ち止まると、すーっとマキのほうに近寄ってきた。

「そいつ、鼻を鳴らして。たぶん私の香水の匂いを嗅《か》いでたんだ」

気が付くと男は目の前に立っていた。マキは歯の根が合わぬほど震えた。血の臭《にお》いが鼻を突いた。たまらずカバーを頭から被《かぶ》った。

その瞬間、身体がどすんと押し潰《つぶ》された。

男が座ったのだ。

「ああ～。いいなぁ。いいなぁ」

男はそういうと何度もカバーの上からマキを撫《な》でた。そしてグイグイと包丁を突き立ててきたという。

「カバーが硬かったから突き抜けたりはしなかったけど、すごく痛かった」

声を出したら殺されるという気持ちがした。

男は自分が泣くのを待っている。泣いたらアッチの世界へ連れて行かれる……。

マキは必死になって喉《のど》へ上がってくる悲鳴を嚙み殺した。

男は何度も何度も刃先の折れた包丁をカバーに突き立てると笑った。

どのくらい経《た》ったのか憶《おぼ》えていないが不意に重みが取れたという。それでもマキは動かなかった。ようやく顔をカバーから出した時には辺りが明るくなっていたという。

「もう陽が昇ってきていたの」

マキはそばに男がいないことを確認するとゆっくり起きあがり、出口を探した。出口はわりと簡単に見つかったという。ホテルは急斜面に建てられていたので正面の入口からだと地下でも裏では地上と繋《つな》がっていた。

出る時、白いシャツが遠くに倒れているのが見えた。

「それでたまたま通ったタクシーに乗せてもらって家に帰ったんだけど。ミノルの奴。家で寝てたんだよね」

ミノルは親に知られて叱《しか》られるのが怖かったと告げた。ごめんな、と怒りまくるマキにミノルは何度も謝った。

「どうしようかって部屋で考えてるうちに寝ちゃったんだって。バカみたい」

ふたりは別れ、それからマキは絶対、廃墟には行かないようになった。

男がどうなったのかは、知らないという。

# おこめ

「モジャモジャ頭」

チエの彼は大の風呂嫌い。何しろ半年入らなかったというのを自慢にしているぐらいの自称クールガイ。

「なんでも中学時代、親の関係でロンドンにいたらしくって。あっちって日本みたいにお湯がガンガン使えないらしいのよ。各家庭に割り当てが決まってて」

それで段々と風呂に入る回数を節約していく生活に慣れてしまったからという、ないようなあるような理由だった。優しくて情熱的、顔も良くてオーラもある。ただし不潔。

「不思議と臭《にお》いとかはしないんだけどね」

ある日、彼が「頭にボールができた」という。触ると皮膚がピンポン玉ほどに膨らんでいた。

「医者行けば？」

ところが風呂の次に医者が嫌いな彼は「まぁ、まだ大丈夫っしょ」と、そのままふた月ほど放置した。

ある夜、彼女が遊びに来ていた彼に「これ、頭に穴が開くかも」と脅すと彼は顔色を変え、医者に行くと言い出した。

「これはチャンスだと思ったんで」

翌朝、彼を無理矢理、近くの病院に連れて行き、彼女は保険証を取りに彼の部屋に行った。

「思えば初めて奴の部屋に行ったのね」

開けるとゴミのジャングルがあった。足の踏み場もなく、コンビニ袋からゴミ袋、ジャンクフードの袋が散乱し、その合間に雑誌や食べかけのいろいろが堆積していた。土足であがり、保険証のあるというタンスのひきだしを開けている途中で足の上を何かが通った。それは音をさせてゴミのなかをかいくぐり部屋のどこかへと消えた。

窓からの光が部屋のなかの埃《ほこり》を雪のように天井から床へ、床から天井へと細かく細かく乱舞するのを映していた。突然、咳《せき》が立て続けに出て、くしゃみが止まらなくなった。

あわてて外に脱出したが喉《のど》の埃っぽい味は電車に乗っても消えなかった。病院に彼はいなかった。

「だってあのヤブ医者、髪、切るっていうんだぜ！　この美しいアフロを。帰ってきたよ」

彼はそう告げるとふて寝してしまった。

「私もひどく疲れちゃって、一緒に寝ちゃったのね」

ふと目を覚ますと辺りはすっかり暗くなっていた。風の音がした。枯葉をこする風の音。頬《ほお》に何かが当たった。手で触れる直前、それは少し動いたように感じた。

彼がイビキをかいていた。音は彼からしていた。チエはベッドの明かりを点《つ》けた。

「最初はごはんがこぼれてるんだと思ったの」

しかし、彼の枕カバーが血で濡れているのを知り、彼女は固まった。白い米のようなものは跳ねるとチエの腕や太ももに貼り付いた。

虫だった。

「ぎゃー！」

凄《すさ》まじい悲鳴に目を覚ました彼も髪から溢《あふ》れる白い虫と血に驚いて叫び声を上げた。ふたりは部屋を飛び出したが彼の頭からは次から次へと虫がポップコーンのように溢れてきた。

「病院でもどんぶり一杯ぐらい出たの」

シラミだった。チエはベッドカバーも枕カバーも捨てたが人間に寄生するシラミがいるかと思うともう住んでいられなくなった。お医者の話では、「そんなに汚くしてちゃシラミも湧《わ》くよ」ということだった。

その後、彼はスキンヘッドになりチエに許して欲しいと言ってきたが、彼女はまだ許していない。

「だって私も頭、剃《そ》られたんだもん。うつってるかもしれないからって……まだ怒りがおさまんないからね」

チエはそうつぶやいた。

# 過剰なBabee

「とにかく大袈裟《おおげさ》っていうか、表現が過剰なのよ」

大久保《おおくぼ》さんはそう言った。

彼女のご主人は大学時代はラグビー部のキャプテンをしていたほどの体格の持ち主で本人もそれを誇示するかのように、やたらと〈男であること〉〈感激屋〉であることに満足していたという。

「学生の頃はまだ世間知らずだし、彼がもうそれこそスーパースターみたいに見えていた時期もあったんだけど……」

大手出版社に勤務し、それなりの経験を積んでくると実物と思いこみのギャップがかなり激しいことに気が付いた。

「特に落差が激しいのは彼の大好きな〈男らしさ〉の部分。これがなかなかのくせ者だったのよ」

彼女曰《いわ》く、特に彼のように親分肌を期待され、それに応《こた》え、さらに男とはこうあるべきだ！　というような考えに凝り固まっている人ほど〈脆《もろ》い〉。

「つまりマッチョ的ナルシズムなのね。もちろん、そこには性差別もきっちり注入してあるわけだけど。彼らは概して集団になったり、人前では強さを発揮できるんだけど、ひとりの人間、個に返った時にはあっけないほど弱い人が多いのよ」

彼女のご主人も典型的なマチズモ・ナルシストで、結婚してみると主導権の殆《ほとん》どは彼女が握ったという。

「だって何も決められないんだもの。それに凄《すご》くナイーブで」

会社で叱《しか》られたりすると、すぐに落ち込み、時には泣く。

「泣くのが悪いわけじゃないけれど、いつまでも具体的解決策を探らずに感情論ばかりでめそめそしているのは、どうかと……」

あまりに意外な気がしたので、よく結婚したねぇと問い掛けると。

「なんだか可哀想《かわいそう》になっちゃったし、この人ならコントロールしやすいなと思ったのね」

と、彼女はあっけらかんと言った。

とにかく彼は喜怒哀楽を隠そうとはしない男だった。頭に来れば、どんな場所だろうと表情に出すし、哀《かな》しければ鼻を垂らして泣いた。

「で、それが水戸黄門だったりするから……もう、ほんとにがっかりでしょう」

また母ひとり子ひとりで育った彼にとって母親というのも絶対的な存在であった。

「もう体調が悪いなんて電話が掛かった日には朝だろうが夜中だろうが飛んで行くし、まあ、車で二十分ぐらいなんですけれどね。密度というか絆《きずな》というか洗脳が外れてないんですよねぇ」

例えば彼は下着のシャツをパンツのなかに押し込む癖がある。みっともないからと彼女が再三止《や》めさせようとしても決して止めない。理由を尋ねると。

「子供の頃、お腹《なか》が弱かったので、必ずシャツをパンツに入れるようにしつけられたんですって。それが三十六になった今も続いていたわけ」

また薔薇《ばら》百本を誕生日に贈る。好きだとデパートの屋上や人混みで叫ぶ。熱を出して看病をする時には朝まで傍らにいるなどと、ドラマのようなことが大好きというよりは、彼にとってドラマのように熱く生きることが〈生き甲斐《がい》〉だったのだと彼女は言った。

「で、三年目に子供ができたんですよ」

それを告げた時には無言で彼は彼女を抱き締め、そして文字通り〈赤ん坊のように〉泣きじゃくったという。

「もうそれからは大変で」

時には流産しやしないかと大きくなるお腹を見ながら怯《おび》えたり、時には赤ん坊にラグビーが舞台の熱血本を朗読したり、毎日毎日がお腹の赤ん坊を中心に回っているような感じだった。

ところが……。

「丁度、臨月に入った頃なんだけど」

彼の携帯が鳴ったので出てみると〈女〉が馴《な》れ馴れしく話し始めた。

彼女が口を開くと慌てて切ったのだが、ピンと来た。

「もともと体育会時代は女出入りが激しかったんですよね。それを私がひとりひとり目の前で別れの電話をさせて整理したんですから……」

風呂からでた彼は彼女の追及に最初こそ知らぬ存ぜぬを通していたが、すぐに土下座して謝り始めた。

「やっぱり元カノだったんです」

彼女は怒り、「別れましょう」と告げた。

すると彼は泣き叫び、自分のペニスを切り落とすと言い始めた。

「普通ならやってみればって言うところなんでしょうけれど」

興奮した彼ならやりかねないということを知っていた。

「あのね、ああいうタイプって瞬間的に錯乱するみたいで自動的にそういうことしちゃうのね。もともと恐怖を感じないようにする訓練がしてあるわけじゃない。ラグビーなんて目の前の人間にぶつかっていくわけだから。だから、下手にやってごらんなんて言うと、そういうスイッチが入ってする可能性があるのよ」

実際、昔、彼は彼女の前で切腹したこともあった。

「あれも浮気だったと思うけれど……。だから、その時には〈そんな一瞬で済むような反省で済むと思ってんの？　十年掛けて、私がもう充分！　って思うぐらい愛しなさいよ〉って言ってやったのよ」

彼はそれで離婚されないならと大喜びしたという。

それから二週間後、陣痛がやってきた。

「夜中だったんだけど、彼の車で病院に行ったのね」

彼はただ何もできず熊《くま》のように病室を行ったり、来たりしていた。

「二時間ぐらいして破水」

彼は他の妊婦の迷惑も考えず大騒ぎでナースステーションに駆け込み、喚《わめ》き散らし、婦長に「しっかりなさい！　おとうさんになるのよ！」とたしなめられ、また鼻を垂らして泣いた。

看護婦に支えられ分娩台《ぶんべん》に載って処置を待っていると手術着の彼がビデオカメラを持って入ってきた。

「頑張れ！」

苦しい息の下、見ると彼の顔は既に涙でグシャグシャになっていた。

「俺の子が！　俺の子がぁ！」

彼はぶるぶる震え、喚きながら狭い手術室を歩き回る。

「お父さんはそっちにいて下さい！」

股間《こかん》を撮りに行った彼は婦長から頭のほうへ回るように注意を受けた。

「うう産まれる。うう産まれる」

彼は体を何度も左右に振り、彼女の名前を呼んだ。

「ちょっと、あなた静かにしていてください」

また看護婦に叱られていた。

「で、子宮口が開いた所でお医者さんが来たんだけど」

彼はまた股間を映そうとしたので、手術室を出されてしまった。

「私も厭《いや》だった。そんなの撮ったって見られないでしょう？　おかしいのよ頭が」

退出させられても彼は廊下からエールを送り始め、また叱られた。

「ご主人、家に戻っていて貰《もら》いたいなぁ」

「すみません」

彼女は気が狂うほどの激痛と闘いながら、何度も謝った。

そして十分後、女児を授かった。

彼は廊下で万歳三唱をしたので病院の外に出されていった。

声が遠ざかっていくのが分娩台の彼女の所にまで聞こえたという。

「本当に莫迦《ばか》」

彼女は腹が立った。

赤ん坊は産湯につかり、彼女との対面を果たしたあと新生児室へと運ばれていった。

「後産があるから、このまま暫《しばら》くゆっくりしていてね」

体調が安定したことを看取《みと》ると医師が退出し、やがて婦長と助手を務めた看護婦の両方もいなくなった。

分娩室には彼女ひとりが残された。

不眠と疲労、安心感から急に眠気が襲ってきた。

ぽんぽんと肩を叩《たた》かれ、目を覚ますと自分に向けられたレンズが目に入った。

「おめでとう」

彼が小声で囁《ささや》く。

「黙って戻ってきちゃった」

「厭だ。変なとこ撮らなかったでしょうね」

「大丈夫大丈夫、へへへへ」

と、そこで体の中が大きくうねった。

「突然、波が出現したみたいな感じになって」

彼女は後産をした。

彼は莫迦みたいに口を開いたまま立ち尽くしていた。

「なんだこれ?」

「後産よ。赤ちゃんと私を繋《つな》げていたものが出たの」

「本当か?」

「それが赤ちゃんの命綱。赤ちゃんはその胎盤を通して生きていたのよ」

彼女が呟《つぶや》くと彼は涙をはらはらと流した。

「すげえなぁ。尊いなぁ」

「ねえ、看護婦さん、呼んできて」

彼は分娩台の膿盆《のうぼん》に落ちた胎盤を目をきらきらさせて見つめていた。

また安い感動が込み上げているのが傍目《はため》にも明らかだった。

「ねえ、看護婦さん、呼んでよ」

「これ、どうすんだろう?」

「捨てるのよ」

「え?」

「捨てるのよ。当たり前でしょう」

「だって、おまえと赤ちゃんの命の結晶だぜ。なんか残して貰えないのかなぁ」

「莫迦なこと言ってないで看護婦さん、呼んでよ」

「捨てるのか。捨てちゃうんだ」

彼は屈《かが》み込んだ。

「ねえ、寒くなってきたから。看護婦さん呼んで。風邪ひいちゃうよ」

返事はなかった。

「ねえ!」

仕方なく彼女は枕元にあるナースコールを押した。

「大久保さん……。具合はどうです、キャァァァ！」

分娩室に入ってきた看護婦が悲鳴を上げた。

と、同時に彼が立ち上がった。

「始め、口から血を吐いたのかと思ったのね」

彼は手にしたものを口に詰め込んだ。

それは赤くぬらぬらとした肉片だった。

「なにやってんの！」

看護婦は駆け出して行ってしまった。

「だって……だって、捨てらんないよ、俺」

彼は唇の端から血を滴らせながら、もぐもぐ口を動かすとゴクリと飲み下した。

彼はやってきた婦長と医師によって外に出された。

幸いなことは暴れたわけではないので通報されずに済んだことだった。

「うちはオヤジの代からやってるけれど……こんな人、初めてですよ」

医師は青ざめていた。

「で、別れることにしたんです。胎盤食べた人と暮らせないから……」

彼は離婚はしたくないと泣き叫んだのだが、今度ばかりは彼女の気持ちは覆せなかった。

「暴れなかった」と聞くと。

「始めは許してくれって、ずっと言ってたけど、私の決意が固いのを知るとおかあさんのところに泣きつきに行って。そしたら、おかあさんが〈もっと、いい人見つけてあげる〉って言ってくれたんですって」

次に付き合う人は絶対、文化系が良いなぁと彼女は呟いた。

# エコー

工藤《くどう》さんは先月、体が怠《だる》くて仕方がないので近くの大学病院へ行った。

彼女の訴えを聞いた医師はさっそく〈超音波診断〉を受けるよう勧めた。

カルテを手に三階にある〈エコー室〉へ行くとカーテンが閉まっており、部屋のなかには誰もいなかった。

暫《しばら》くソファーで待っていると白衣姿の若い技師が声を掛けてきたという。

「検査ですか?」

「お願いします」

彼女がカルテを差し出すと技師はふたつほど離れた部屋に彼女を案内した。

「いま、用意しますから。服を脱いでベッドに横になっていて下さい」

技師の言葉に彼女は上半身裸になるとベッドの上に横になった。
二、三分ほどで技師が戻ってきた。

横腹とみぞおちに、透明のゼリーを塗られた。

「では、見てみましょう」

技師は音波器を手に、彼女の上半身を調べ始めた。

「うん……あれ？　……うん、うん」

などと言っていたが、突然、「あっ」と言ったきり黙り込んでしまった。

その様子が何かただ事でないような気がして、工藤さんは急に不安になった。

「あの、大丈夫でしょうか……」

「う～ん」

「せんせい……」

「う～む」

「どこか悪いですか」

「ご両親はお近くですか？」

「いえ。田舎に」

「そっかぁ。これは呼んだほうが良いですよ」

「そんなに……」

彼女は目の前が真っ暗になった。思わず、涙がこぼれたという。

「やっぱり、あの怠さはただ事じゃなかったんだなぁって……。癌《がん》っていう言葉が頭のなかをぐるぐる回っていました」

「ご親戚で癌で亡くなった方はいらっしゃいますか?」

「はい……伯父《おじ》が」

「ふむ、やっぱり因子はもってたんだなぁ」

技師が独り言のように呟《つぶや》いた。

「ちょっと待っててください。もう少し詳しく調べますから」

技師はまた席を外すと暫くしてコップを持ってきた。

「これを飲んでくれますか?」

「はい」

「飲み終わったら声をかけてください」

技師はそう言うと部屋をまた出て行った。

「ところがその薬っていうのが、まずくって……」

彼女はひと口だけで全ては飲まずにいた。

技師は何分経《た》っても帰ってこなかった。

彼女は服を着ると廊下に出た。

するると先程の部屋から白衣姿の男が出てきた。

「あの〜。さっきエコーを受けたんですけれど」

事情を説明すると技師は妙な顔をした。

その時間の担当は自分しかいないはずだというのである。

彼女は技師を自分のいた部屋に案内した。

「それでこれを飲めって……」

「これをですか？」

技師はコップを手にした。

「おじょうさん……。これはオシッコですよ」

「結局、痴漢っていうか変態に騙《だま》されたんです」

病院のスタッフ全員と彼女は面通しさせられたが、あの若い技師はいなかった。

警察の話では機械の扱いを知っていたということから、全くの素人ではないだろうということだった。

彼女の症状は単なる疲労だったという。

# 別れの時

南《みなみ》さんは今でも電車が到着するまでホームには出ず、階段の途中で待機する癖がついている。

「今でも忘れられないんです」

高校時代、彼女はふたつ上の先輩と別れ話をしていた。

先輩は受験に失敗し、悩み、性格が変わってしまっていた。

「ものすごく束縛するようになっちゃって……私もついていくのが辛《つら》くなったんです」

先輩は最後の話し合いの場に駅を指定してきた。

「でも、先輩は三十分待っても、一時間待っても来なくて」

あきらめて彼女が帰ろうと駅のホームに下りた途端、携帯が鳴った。

〈絶対、ダメなのか?〉

「はい。もう終わったほうが良いと思う。私も勉強に集中したいし」

〈俺みたいになったら困るもんなハハ……。今日、プレゼントがあるんだ。受け取ってくれ〉

「みなみぃぃ！」

突然、大きな声で呼ばれた。

「え？」

顔を上げた瞬間、南さんのいるひとつ向こうのホームに電車が滑り込んできた。と、同時に柱の陰から線路へ飛び下りる人間がいた。先輩だった。彼は南さんに大きく手を振った。

「忘れるなよ！」

「アッと言う間、オモチャみたいに潰《つぶ》されて電車の下にいなくなりました」

彼女は

「今でもカニの殻を踏み潰《つぶ》すような音と一緒に急停車した車輪の光景が頭から離れないんです……」

とためいきをついた。

# 三輪車

「やけに安いマンションだったのね」

ミカは去年まで暮らしていた部屋の話を教えてくれた。

「誰か死んだりしてるのかなと思ったんだけど、いまはそういうのは法律でちゃんと説明しなけりゃいけないわけでしょう」

不動産屋には何度も聞き直したが「事件や自殺はありません」とキッパリと言い切った。

駅から徒歩四分。2LDKで家賃は管理費込みの三万五千円だった。

「それでも始めの一ヶ月ぐらいは何かあるんじゃないかと思ってびくびくしてたけど……」

そのうちに何も起こらないとわかってからは平気になった。

ある夜、仕事から遅くなって帰宅すると部屋のドアが開いていた。不審に思いつつなかに入るとリビングの真ん中に真新しい三輪車が置いてあった。

部屋のなかに荒らされた形跡は一切なかった。ただ三輪車が白いカーペットの上にあった。

「なにこれ」

思わず手を伸ばしかけた時、目の端で何かが動くのが映った。

顔を上げるとタンスの陰に中年の女がいた。女は泣きながら笑っていた。笑って目のあったミカに何度も頷《うなず》いた。

「痛かっただろうねぇ」

手にはハサミがあり、女はそれで自分の腹を何度も叩《たた》いていた。血の跡が服に染み出していた。

「もういいのだよ」

女は陰からミカを捕まえようとするかのように手を伸ばしてきた。

ミカは部屋の外に駆け出した。

「昔、住んでた女の人で。子供を事故で亡くしたらしいの」

女は病院を抜け出すと、儀式のように三輪車を買い、その部屋に帰ってくるのだという。

あまりに度々なので警察沙汰《けいさつざた》にもなったらしいが女を罰することもできず結局、我慢するしかない状況だった。

「前はその人のお姉さんが借りてたらしいんだけどね」

後日、不動産屋経由で引っ越したミカの元に、女の親戚からお詫《わ》びのお菓子が届いたという。

# ナンシー・ブルース

須藤《すどう》さんは二十二歳の頃、ちょっと様子のおかしな男と付き合っていた。

「彼とは私があるインディーズパンクバンドの追っかけをやってた時、ライブで知り合ったんですけれど」

とにかく見た目で〈イッちゃってる〉ような彼は普段からナイフで腕に〈アミダクジ〉を描いたりするような人だったが、好きなバンドのベースにそっくりだったという。

「頭はツンツン程度なんですけれど。耳はもちろん、当時としては珍しく舌にもピアス、ヘソにもニップルにもつけてましたね。それに両腕にもキリストとかトライバルのタトゥーがあって……」

かなりハードコアな人だった。

「でもね、仲間同士の言い合いとかでキレることはあっても、普通の人には迷惑掛けたりしないの。それに普段はすごく物静かで優しくて、そのギャップが良いんだよなぁ」

ところがある日、彼はマリファナを吸っていたのだという。

「生まれて初めてそんなのを使ってる人を見たから驚いたのね」

彼は覚醒剤《かくせいざい》より、よっぽど安全だと言ったのだが違法は違法なので彼女はなんとかマリファナは止《や》めて欲しいと頼んだ。

「でも、ああいうのって離れるのが、とっても難しいでしょう」

半年ほど止めると約束してはまた始め、また止めると約束しては始めという状態が続いたのだが、ある日、彼女か真剣に止めないと別れると切り出したところ、彼はそれを境にきっぱりとドラッグからは足を洗った。

「本当に感動。よく頑張ったと思う」

ふたりは一緒に暮らすことにした。

で、彼はマリファナの代わりにシンナーを始め出した。

「なんか昔やってたから、使い方とか、どこまでやったら危険とかすごく判《わか》ってるっていうからね。安心したの。それにあれは違法じゃないでしょう? だから、良い風に変わってくれたなと思って」

須藤さんはその頃、ショップで働いていたのだが、彼はバイトが見つかると働きに行き、それ以外は部屋に居ることが多かった。

「なあ、犬、買って良い?」

不意に彼は言い出した。

聞くとふらりと出かけた先でペットショップを見つけたのだという。

「純白のマルチーズ。十五万ぐらいだった」

彼女は貯金をはたくと彼に渡した。

やがてふたりと一匹の生活が始まった。

犬の名前はゴイチ。牡だった。

「雌はやっぱり高いし、ペットショップの人に聞くと生理とか大変なんだって。だからゴイチにしたの」

ゴイチはよくふたりに懐いた。

「とっても頭の良い子でお手もお座りもすぐできるようになったの」

彼はシンナー片手にゴイチと遊ぶのが大のお気に入りのようだった。

「で、その頃、彼とバンドを組まないかっていう話がでてきたのね」

聞けばよく通っていたライブハウスのオーナーが彼のルックスとリズム感を買っていてそこそこできるメンバーを集めるからデビューしろっていう話なのだという。

「そんなにうまくいかねえよ」

彼は口では気のないふりをしていたが内心、すごく喜んでいたのが手に取るように判ったという。

「それからはシンナーもやめて。バンドのための曲を書いたり、打ち合わせに行ったり結構、忙しく動き回ってたのね」

なにか良い感じだなぁ……と思っていた矢先、彼の様子がだんだんおかしくなってきたという。

「最初はデビューのプレッシャーかなぁって思ってたんだけど、実はそうじゃなくて」

デビュー話、そのものがデタラメだったという。

「おまけにそこのオーナーっていうのがホモで……」

打ち合わせと称して彼を呼び出してはとんでもないことを強要していたのだという。

「で、それを聞いた時は私も彼が可哀想《かわいそう》になっちゃって……」

ふたりしてボロボロ泣いたのだという。

「やっぱり、そんなことまでしてデビューしたかったんだなぁって。この人も普通にそういう人に認められたいっていう気持ちがあるんだって思ったら、本当に可哀想になって」

しかし、それから彼は気の毒なほど落ち込んでしまって、家から出なくなってしまったのだという。

「完全に引きこもり状態でしたね」

そして朝から晩までシンナーを吸うようになっていった。

「このままじゃダメになっちゃうなぁとは思ったんですけれど、彼の気持ちを考えるとあまり強いことも言えなくて」

部屋に帰るとシンナーの臭《にお》いで自分まで頭がくらくらしたという。で、その頃からゴイチの様子もおかしくなった。

「後から考えるとあれもシンナー中毒になってたのかもしれないと思うんですけれど」

人間の数万倍も鋭い嗅覚《きゅうかく》をもっている犬が四六時中、シンナーを吸っている者と部屋に閉じこめられていたのだという。

「何かあらぬ方向を見て吠《ほ》えたり、笑ってたりするの。犬がにやーって笑うの初めて見た」

それにゴイチは立ったまま失禁したり、凍ったりするのだという。

「もう石みたいに動かなくなるの、立ったまま。あれは面白かった」

と同時に彼のほうの奇行も目立ってきた。

「ナンシーがさぁ、ナンシーがさぁっていうのね。彼はシンナーのことをそう呼ぶの。あの女がしつこくてさぁって。その頃には本当にそういう女がいるような口振りで話したりするからちょっと怖かったね」

そんなある日、彼女は体調を崩して寝込んでしまったのだという。

「前の夜に突然、熱が四十度ぐらいまで上がってしまって。それで動けなくなっちゃった」

彼はそんな彼女の姿にひどく動揺し、「死ぬなよ～死ぬなよ～」と枕元でくり返して泣いた。

ゴイチも心配そうにしていたという。

「で、取《と》り敢《あ》えず医者に行ったら、単なる風邪だけれどもかなり菌が全身に拡《ひろ》がっているから油断せずに痙攣《けいれん》が起きたりしたらすぐ救急車呼んでって言われたんです」

彼女は医者からの薬を飲むとすぐ眠りに落ちた。

途中で何度か彼が声を掛けてきたが朦朧《もうろう》としていて、何を答えたのか憶《おぼ》えていなかった。

ゴイチが吠え、彼が唄《うた》っているのが意識の底で聞こえた。

突然、体が揺すられた。

「なに？」

彼が汗だくの顔で頷《うなず》いていた。

「栄養のつくものを作ったから……」

「あ、ありがと。でも、私、いまは食べられないから……」

「少しでも良いから食べよ」

彼は小皿に取り分けたお粥《かゆ》を彼女の口元に近づけた。

薬の副作用で味覚が変わってしまっているのか、変な味がした。

「ごめん。やっぱりダメみたい。吐きそう……」

「そうか……」

彼女がそう言うと彼は残念そうに戻っていった。


翌早朝、こんこんと眠り続けたのが良かったのかだいぶ楽になったという。

彼女はトイレに行きたくなりベッドから起きあがると寝室を出た。

リビングには彼が倒れ込むようにして寝ていた。

手にはシンナーの袋。

トイレを済ませて戻る時、妙なものが見えた。

彼が寝ている横にテーブルがあるのだが、その上が赤くなっていた。

見ると血のようだった。

怪我でもしたのかと彼を見たが異常はなかった。

その時、鼻がはっきりと異臭を捕らえた。
しょっぱいようなえぐみのある臭い。
その臭いは台所の方からただよってきていた。
彼女はテーブルの上のお粥の残りが入った丼を手にすると流しに運んだ。
鍋がグッグッと音を立てていた。
「危ないなぁ」
見れば小さな火がついている。
と、そこでゴミ箱から白いものがはみ出しているのを見た。
毛皮だった。
白い毛皮。
彼女は鍋の蓋《ふた》を取った。
吐き気を催すようなくさみのある臭いと共に中身が目に飛び込んできた。
顔の細長い生き物が牙《きば》を剝《む》いていた。
皮は溶けてしまったのか茶色の肉が剝き出しのそれはゴイチに違いなかった。
ゴイチはお粥と共に煮込まれていた。
彼女は自分が絶叫しているのに気づいた。

「彼は自分から入院するって言ったんです」

彼はゴイチの変わり果てた姿を見て、中毒を治そうと決意したのだという。

「で、とりあえず入院費として私から五十万借りて行ったんだけど」

彼はそのまま行方をくらましてしまった。

「一度だけ北海道から手紙が来たけどね。ゴイチを食べてごめんなさいって……」

それっきり何の音沙汰《おとさた》もない。

「たぶん、死んでるんじゃないかなぁ」

須藤さんはそう呟《つぶや》いた。

# ともだち中毒

マユミが紀沙《きさ》と出会ったのは四年前。

「コンビニのバイトで一緒だったの」

帰る方角とシフトが一緒になることが多かったので自然と友達になった。

マユミがわりあいにあっけらかんとした性格であるのに対し、紀沙はあまり目立つことを好まず、みなでワイワイ騒ぐよりはマユミとふたりでショッピングなどするほうを選んだ。

「でも紀沙は別におとなしいかっていうとそうでもなくて、結構、ガンコっていうか、わがままで……」

紀沙の口癖は〈友達ジャン〉〈友達でしょう〉だった。

「今、勤めてるとこなんだけど、そこはわたしが見つけてきたのね」

すると紀沙もマユミの職場に近い所に就職を決めたのだという。

〈マユミに何かあった時に駆けつけられるから〉というのが理由だった。

また就職を期にマユミが実家を出てアパートで自活を始めると紀沙も彼女のアパートの近くにマンションを借りた。

「でも、紀沙は親に借りてもらってるの。わたしは別に近くでなくてもいいじゃんって言ったけど」

紀沙は「マユミが怪我をしたり病気になったら看病できるし」と言い、そういう話の最後には決まって「私たち友達でしょう」と締めくくった。

「そう言われると違うとも言えないジャン。だから、そうだねって答えるんだけど」実際、息苦しさを感じることが多かった。

例えば紀沙はマユミが遊んで遅くなると機嫌が悪くなった。日に何度も電話が入り、仕事の終わり頃には必ず「何時に終わる?」と確認メールがある。返事をすれば待ち合わせて食事をしようとなるし、断り続けると紀沙はなぜか風邪を引いたり、体調を崩す。

「そうすると必ず会社を休んじゃって、わたしに薬とか買い物を頼んでくるのよ」

買い物はたいしたものではない。プリンとかヨーグルトなどコンビニで済むものばかりだ。

「具合が悪いって言われれば放っておけないし……」

紀沙はマユミの顔を見ると嬉《うれ》しそうに笑って「やっぱり友情だよね。友達って良いよね」と涙ぐんで見せた。

去年、マユミに彼ができた。紀沙にも逢《あ》わせたのだが彼女はマユミの彼を毛嫌いした。「将来性がない」「マユミにはもっと良い彼が見つかる」「私が捜してあげる」と言い始め、マユミが笑って相手にしないと、ついに彼といる頃を見はからってはアパートにやってくるようになった。

紀沙は必ず「具合が悪いの」と言ってドアを開けさせると中に上がり込み、居座った。「お腹《なか》を押さえてうんうん唸《うな》ったり、叫んだりするから」彼もシラケて帰ることもしばしばだった。紀沙は彼が心配をして声をかけたりしても完全に存在を無視した。体に手を触れようものなら悲鳴をあげたという。

「俺ちょっとあの子がいるあいだはマジ無理かもしんない」

マユミはそう言われてしまった。彼が来なくなると紀沙は頻繁に遊びに来たがるようになったが、マユミはもう限界だった。

「ねえ、ちょっとマジやめて欲しいんだけど」「なんで？　友達でしょう」「もうどうでも良くなったから」「ひどい！　信じらんない」「勝手にすれば」……。

ふたりは喧嘩《けんか》別れをした。

「何かやるかなと思ってたけど」

紀沙からは電話もメールも無くなったという。マユミは彼と付き合い直すようになった。

そんなある夜、マユミはベッドの端をクイックイッと引っぱられて目が覚めた。

「その時は平日で彼はいなかったのね」

暗闇《くらやみ》のなかに影が立っていた。

白いワンピース、長い髪には見覚えがあった。「紀沙ぁ?」寝惚《ねぼ》けた声を出すと影が身じろぎし、その瞬間、窓から差し込む光に何かが反射したという。

「まゆみぃ」

ワンピースの胸元が黒く濡れて見えた。そして、ずいっと紀沙が顔を突きだしたという。

「最初、それが顔だとわからなかった」

紀沙の顔は血塗《ちまみ》れに見えた。いつもの彼女の顔ではなく何かすごく間違っていた。

鼻の横にガラスの目のような物がふたつ、頰《ほお》の横に貼り付けてあった。

「まゆみぃ」

もう一度、紀沙がそうつぶやくと本来の目が開いたという。

紀沙の顔には目がよっつ並んでいた。

「こういう風にすれば、私もモテるよねぇ」

紀沙は手にしたルージュ色のリップを頰に当てるとぐりぐりと塗りつけた。もう片方の手にはナイフが握られていた。

「目が釣り上がりすぎてるんだもの。だから私、みんなに嫌われるんだぁ」

そこまで呟《つぶや》くと突然、紀沙はゲラゲラと笑い、寝ているマユミに抱きついてきた。目の前へ真紅の異形の顔が迫った。

紀沙がすごい力でマユミの脇腹《わきばら》をつねり上げ、

「友達なのに友達なのに友達なのに……」

と繰り返して手にしたナイフを振り上げた。

マユミは絶叫すると紀沙の腹を蹴《け》り上げ部屋を飛び出した。

「交番からおまわりさんと戻ると紀沙はいなくて、道路をさまよっているところを別のパトカーに捕まってたの」

今でも紀沙から手紙がくる。精神科から……。

「ごめんねって赤い字で書いてあるんだけど。どうも血みたいなんだよね」

ゆるしてはいけない。

# AYU?

「なんだか、彼女の話だとAYUって、ただ目がデカイだけじゃないらしいんですよね」

もともと人間の眼球の大きさに大した差はない。

大きな目の西川きよしとフーテンの寅さんで有名な細目の渥美清の差は眼球ではなく、それを覆っている瞼《まぶた》と眼球がしまってある眼窩《がんか》の広さによるのだという。

「AYUっていうのは普通の人間よりも眼球のはまっている眼窩自体が広くて大きいらしいんですよ」

その女はミーと名乗った。

「たぶん、地方の成金の娘だと思うんですよね」

都心のクラブに夜な夜な出没する彼女は金の使い方が荒く、良いカモにされていた。

ヒロシが会った頃には既に歳《とし》は三十越えていたんじゃないかというのだが、着ているのはみんなAYUファッション。たまにCMのAYUに刺激されたのかヒラヒラのついたスカートなんかで歩いていたりするのだという。

ミーは淋《さび》しい女だった。

ヒロシはカモになる女が好きだった。

でもって、軽く粉をかけた。

愛だの結婚だのという重い関係じゃなくて、軽くてフワフワしてて、それでいて都合の良い関係に持っていこうとしたのであった。

「一番、ラクチンなんだよ。そういうのが……」

ミーもそれで満足していたようで付かず離れず、居る時は彼女のオゴリみたいな関係が続いた。

と、思っていたが実はミーは真剣にヒロシに傾き掛かっていた。

もちろん、そんなことを口にすればすぐ彼がサヨナラしてしまうのは本能的に悟っていたから、なるたけそんなことはおくびにも出さないようにして自分の魅力を磨き上げ、遊び半分の彼のハートをマジなものにしようと懸命に考えていたらしい。

暫《しばら》くするとミーは美容整形をするようになった。

「それでも始めはいま流行のプチ整形みたいなやつだったと思うんだけど」

どう？　などと言われればヒロシも可愛いジャンと返す。

それを本気にとったミーは昨日はデトックス、今日はヒアルロン酸、明日はボトックスと奔走した。

「ところが、ああいうのはやっぱり麻痺《まひ》するのかなぁ」

ミーはだんだんプチ整形だけでは飽き足らなくなってきてしまった。

本格整形へとはまり始めた。

まず、二重をクッキリとさせた後、頰《ほお》の脂肪を抜き、顔の皮膚を引っ張り……。

「とにかく始めは月いち、そのうちに前回の手術の腫《は》れが引くと受ける……みたいなことをくり返すようになっちまったんだよね」

好《い》い加減にすればぁと声をかけても、うんうんと左の耳から右の耳に抜ける始末。

ヒロシも軽い関係のつもりだから、それほど強くも言えなかった。

で、ある時からミーの姿が消えた。

「仲間にも、もちろん俺にも何も言わずにいなくなっちゃったんだよね」

ヒロシには何か大それたことをしに行ったな……という予感があった。

というのも、その数日前しきりに「AYUの目にする」と彼女が吹いていたのを憶《おぼ》えていたからだった。

「だから、俺は冒頭の話をしてやったの。限界があるよって」

するとミーは「そんなこと知ってるよ」と告げたという。

その直後、ミーは姿を消した。

それでも仲間はもちろんのこと、ヒロシも何も無かったかのように過ごしていた。


三ヶ月後、ヒロシの部屋の前に女が立っていた。

いや、正確に言うと女の影が見えたという。

「だれ？」

ヒロシが声を掛けると。

「わたし」と、ミーの声がした。

「なんだよ。どこ行ってたんだよ」

「うふふ。ちょっとね」

ミーは暗がりから出てこなかった。

「部屋、入れば？」

「うん」

と、そこで初めてミーがヒロシの前に現れた。

びっくりした。

「だって目玉のお化けみたいだったんだよ」

ミーの目は大きく見開かれていた、というよりも眼球自体がでかくなったように見えた。

「顔の三分の一ぐらいが目ん玉みたいで」

もちろん、それじゃアニメの主人公になってしまうが、印象としてはそれくらいのインパクトがあった。

「おっじゃましま〜す」

ミーはヒロシの困惑をよそに部屋のなかに入っていった。

「おまえ、目玉どうしたの？」

部屋に入ってヒロシは尋ねた。

「ああ、これ？　ＡＹＵにして貰ったのよ。高かったんだから。日本じゃできないのよ」

「すげえ目だな」

「うふ。本当ならここまではしなくても良いんだけど。少し大きめに作ったの。どうせおばあちゃんになってくれば垂れてきちゃうでしょう。それも計算済みの処置」

実際、ミーに見られると鼓動が速くなった。

「それは可愛いとかセクシーとかいった感情とは全然、別物で……」

強いて言えば、ナイフを握ったヨチヨチ歩きの子供を目にしたような〈ヤバさ〉だったという。

その夜、ミーは手術の模様を簡単に説明した。

「なんでも目玉の収まっているポケットっていうか、頭蓋骨《ずがいこつ》の穴を広げたって言ってた」

思わず、そんなことできるのかよ……と呟《つぶや》くと。

「だから日本じゃ、無理なのよ」

と笑った。

笑顔も怖かった。

ミーは薬を山ほど飲まなければならなかった。

更に昼間は日光が目に痛いとサングラスをかけても出歩くのを渋ったという。

昔のミーを知っている者たちは気味悪がり、知らない者たちは物珍しげに彼女の周りに集まった。

とりあえず注目されるのが彼女は嬉《うれ》しかった。

そしてそれが起こった。

「その日は月曜日でクラブも人がいなくて、俺とミーは仲間数人とラーメンを食べに行ったんだ」

そこは話題の行列店で濃厚トンコツギトギト脂スープが売りだった。

テーブル席はなく、ただカウンターにぶら下がるようにして客はラーメンを啜《すす》り上げていた。

ヒロシたちはカウンターに並ぶとそれぞれ券売機で求めた食券を前に置いてラーメンの到着を待った。

「確かミーのが先に来たんだ」

その後、続いてヒロシとミーの隣の男のラーメンがやってきた。

ふたりは共に辛いもの好きで盛大に胡椒《こしょう》の缶を振りまくった。

「俺はいつも丼の上が真っ白になるぐらい振りかけるのさ。そうするとぶっ飛ぶからな。しょせん、ラーメンなんて食い物じゃないんだよ。あれはお菓子やゲームさ。口と舌と胃袋を使うゲームなんだ」

と、突然、ミーがくしゃみをした。

立て続けに二度、三度、四度。

「いやねぇ！」

ミーは苦笑し、周りは手を叩《たた》いて喜びかけたが、それより悲鳴のほうが先だった。

「ミーの目玉が飛び出てたんだ。本当にぼろんって」

店内はパニックになった。

ヒロシは店主に救急車を呼んで貰うとミーの目玉をおしぼりで押さえた。

「乾いたらダメだと思ったんだよ」

ミーは痛みよりも驚きで泣き叫んでいた。

外れたのは右目だった。

しかも、それは一旦、ラーメンの丼のなかに落ちたのだという。

やがて呼んだこともみなが忘れてしまうほど長い時間待たされてからやっとサイレンの音が近づいてきた。

ミーの目玉はなんとか収まったが、視力はかなり落ちてしまったという。

「それに白目が真っ黄色になっちまったんだ」

トンコツスープのせいだとは思わないが、いかにも不健康そうな（ヒロシ曰《いわ》く、痰《たん》色の）目玉はただそこにはまっているだけで見えているようには思えなかった。

それからミーの右目は妙なタイミングでぼろりと落ちるようになった。

落ちる度に辺りはパニックになり、ミーは出入り禁止になった。

ミーはノイローゼのようになった。

「治す手はないって医者に言われたらしい。やつは一生、目玉が勝手に散歩へ行くのにびくついてなきゃならなくなったんだ」

ある夜、ヒロシの部屋にいたふたりは些細《ささい》なことで喧嘩《けんか》した。

「俺はミーと一緒に遊ぶのに疲れてたんだよ。仲間も妙な目で見るようになるし……」

正直もう潮時だと思っていた。

きっとそんな気分はミーにも伝わっていたのだろう。

喧嘩はしつこい言い合いになった。

ミーは、しくしくといつまでも泣いていた。

ヒロシはベッドで寝たふりを決め込んだ。

少しウトウトしたようだった。

ミーの声が聞こえた。

消え入りそうなか細い声だった。

「ヒロシ……。また目が出ちゃった」

ヒロシが無視しているとミーはやってきて体を揺すった。

「ねえ、目が出ちゃったよ。救急車呼んでよ」

「うるせえな。自分でやれよ。自分のことだろ」

ヒロシは体にかけられていたミーの手を邪険に払った。

ミーは溜息《ためいき》をつくと寝室を出て行った。

ヒロシは暫く、背中で気配を窺《うかが》っていたが、いつまで経《た》ってもサイレンの音が聞こえてこないので眠ってしまったという。

明け方、猫の悲鳴のようなものを夢うつつのなかで聞いた。

次に目が覚めた時は日はとうに高く上がっていた。

ヒロシが寝室から出てくると台所の壁に大きく〈ありがとね〉と赤いリップで書かれていた。

テーブルの上にミーのハンカチが畳んであった。

なかには黄色く濁った眼球が縮れた肉の紐と一緒に包んであった。

以来、ミーがどうなったのか誰も知らないという。

「Ｐｏｐｔｅｅｎ」二〇〇五年十一月号から二〇〇六年八月号に連載した二十篇と、本書のために書き下ろした十六篇を収録しました。

ハルキ・ホラー文庫 H-ひ 1-11

# ゆるしてはいけない

著者　平山《ひらやま》夢明《ゆめあき》
2006年7月18日第一刷発行

発行者　大杉明彦

発行所　株式会社角川春樹事務所
〒101-0051東京都千代田区神田神保町3-27 二葉第1ビル

電話　03(3263)5247［編集］　03(3263)5881［営業］

印刷・製本　中央精版印刷株式会社

フォーマット・デザイン　芦澤泰偉＋野津明子
シンボルマーク　西口司郎


ISBN4-7584-3246-5 C0193

http://www.kadokawaharuki.co.jp/［営業］
fanmail@kadokawaharuki.co.jp［編集］
ご意見・ご感想をお寄せください。

ハルキ・ホラー文庫

平山夢明

## つきあってはいけない

文庫オリジナル

携帯電話を媒介にした気軽な出会いや、合コンで知り合った男の子とのはじめてのデート。だが相手には恐ろしい本性が隠されていた。異常に嫉妬深い男、傷付いた女が好きな電波男、逆恨みしてくる元カノ、偏執狂的なストーカー。予想もつかなかった恐怖の日々が開幕する……。「Ｐｏｐｔｅｅｎ」に連載され、話題を呼んだ恐怖の実録怪談集がついに文庫化。これを読むとあなたもパートナーを信用できなくなる。

平山夢明

## ふりむいてはいけない

文庫オリジナル

〝しゃりしゃりしゃり……。女は手首を囓っていた。胸元まで赤い血で濡れていた〟〝ふっふっふ……女は赤ん坊の身を床に擦りつける〟――十年以上、怪異、狂異を蒐集している著者の元に、次々と〝ほんとにあった〟怖い話が集まってくる。「もう止めて～」読者が絶叫した「Ｐｏｐｔｅｅｎ」連載の怪談十九本と、本書のために書き下ろされたとっておきの十七本を収録した文庫オリジナル。あなたはラストまで読み通せますか？

# ゆるしてはいけない

平山夢明

ハルキ・ホラー文庫

角川春樹事務所